KB096779

단군은 정말?

단군은 정말?

펴 낸 날/ 초판1쇄 2020년 12월 24일
지 은 이/ 박용준

펴 낸 곳/ 도서출판 기역
펴 낸 이/ 이대건
편　　집/ 책마을해리

출판등록/ 2010년 8월 2일(제313-2010-236)
주　　소/ 전북 고창군 해리면 월봉성산길 88 책마을해리
　　　　　 서울 서대문구 북아현로 16길7
문　　의/ (대표전화)02-3144-8665, (전송)070-4209-1709

ⓒ 박용준, 도서출판 기역, 2020

ISBN 979-11-91199-03-1 03810

이 도서의 국립중앙도서관 출판예정도서목록(CIP)은 서지정보유통지원시스템 홈페이지(http://seoji.nl.go.kr)와
국가자료종합목록 구축시스템(http://kolis-net.nl.go.kr)에서 이용하실 수 있습니다. (CIP제어번호: CIP2020049660)

상상으로 다르게 읽는 단군 서사

단군은 정말?

박용준 지음

ㄱ

이야기와 역사 사이 어디쯤, 단군

이 나라가 어려워질 때면 사람들은 단군을 찾았습니다.

고려시대에 몽골이 쳐들어와 온 나라를 불바다로 만들던 때, 이 나라가 단군의 후손이라는 생각이 자리잡고 있었습니다. 그리고 일제강점기에 독립운동을 하러 만주로 떠나던 시절에는 단군과 그 조상들을 섬기는 종교가 만들어지기도 했습니다. 이 시기 대한민국 임시정부 사람들은 잃어버린 나라를 생각하면서, 단군이 첫 나라를 세운 것을 기념했는데 오늘날 개천절로 이어지고 있습니다.

단군은 '할아버지'라고 불렸습니다. 나이가 많아서 할아버지라고 하는 것이 아니라, 진짜 할아버지라고 해서 그렇게 부른 것입니다. 단군은 우리 모두의 '할아버지'이고, 우리 모두는 단군의 후예가 된다고 했습니다. 우리 공동체를 나타내는 순우리말인 '한겨레'라는 관념도 멀리 보면 단군으로부터 비롯된 것이겠지요. 그러니깐 서로 싸우지 말고 힘을 합해야 한다는 유명한 동요나 노래까지 있을 정도입니다.

지금은 다른 나라에서 온 사람들이 많이 늘어나기도 했고, 한 사람 한 사람도 중요하다는 생각도 커지면서 '단군의 자손' 같은 생각은 많이 줄어들었습니다. 그렇지만 단군은 여전히 첫 나라를 세운 사람, '나라 할아버지(국조)'로, 중요하게 여겨집니다.

우리 역사는 단군이 나라를 세웠다고 하는 기원전 2333년부터 시작된다고 하여, 반만 년 역사라고 불렸습니다. 역사가 이 정도로 오랜 것은 중국과는 비슷하고, 일본보다는 길며, 미국 같은 나라들은 비교도 할 수 없을 정도라고 합니다. 이런 이야기에는 '단군 할아버지'가 나라를 세워서 우리는 반만 년의 찬란한 역사를 갖게 되었고, 단군 할아버지에게서 나왔으니 모두 한 민족이 되었다는 생각이 담겨 있습니다.

역사교육연구소에서 2014년에 전국의 초등학생들에게, 우리 역사에서 가장 중요한 사람이 누군지 물었을 때, 단군이라고 한 학생들은 2%도 되지 않았습니다. 그렇지만 전체로 보면 6위였습니다. 그보다 더 높게 나온 사람들은 세종대왕, 이

순신, 유관순, 안중근, 김구 정도밖에 없었습니다. 아이들이 단군을 얼마나 중요하게 생각하는지 알 수 있습니다. 초등학생에게 역사에서 중요한 사람이란 것은, 가장 존경할 만한 사람이란 말이기도 합니다. '가장'이란 말을 빼고 중요한 사람을 대여섯 명만 얘기해 보라고 했으면, 단군은 앞에서 얘기한 다섯 위인들과 어깨를 나란히 했겠지요.

우리는 고조선을 배우면서 역사를 본격적으로 배우기 시작합니다. 이때 〈삼국유사〉의 단군 이야기가 굉장히 중요하게 다뤄집니다.

단군 이야기는 초등학교부터 고등학교까지 역사·사회 교과서에서 내내 같은 방식으로 다뤄지고 있습니다. 먼저 단군이 기원전 2333년에 고조선을 세웠다고 합니다. 외우기 쉬운 숫자이기도 하지만, 이렇게 한 자릿수까지 연도가 나와 버리면 더더욱 그럴듯한 역사가 되고 맙니다. 1392년에 조선이 건국된 것이나, 1592년 임진년에 왜군이 침략한 것처럼, 역사 속에 실제로 있었던 수많은 사건과 비슷한 방식으로 쓰인 것입니다.

그다음에는 단군 이야기의 각 부분을 풀어주면서 거기서 고조선 사회의 모습을 찾아보자고 합니다.

단군의 조상들이 하늘에 살고 있었다는 것을 당시 사람들이 하늘을 신으로 섬겼고, 그들의 지배자는 스스로를 하늘의 자손이라는 생각을 갖고 있었다고 봅니다. "풍백, 운사, 우사 등을 거느리고 곡식 등을 주관하였다"는 말은 고조선이 농경 사회였단 뜻으로 풀이합니다. 또, 호랑이와 곰이 나오는 것은 이 짐승들을 부족신으로 모시는 부족이 있었던 것이라고 합니다. 그리고 곰이 여자가 되어 환웅과 혼인했다는 건, 환웅이 이끄는 사람들이 다른 땅으로 옮겨 와, 원래 그 땅에 살고 있던 부족과 결합하는 것이라고 합니다.

옛날이야기는 어느 순간 단숨에 만들어지는 일이 아니라, 오랜 시간 동안 여러 사람의 고민이나 상상을 거쳐 만들어지는 것입니다. 여기에는 서로 다른 시대를 살았던 수많은 사람의 생각이 담겨 있습니다. 그렇기 때문에 옛이야기에는 역사가 담겨있기도 하지만, 여러 가지로 풀어볼 수 있고, 그렇게 풀어보는 것이 자연스럽습니다.

단군 이야기는 옛이야기이면서도, 이야기와 역사 사이의 어디쯤엔가 있는 것만은 분명합니다. 이것은 단지 이야기일 뿐이라든지, 분명한 역사라든지 한 가지로 답을 하기는 어렵습니다. 그렇지만 여전히 단군 이야기는 교과서에서 역사를 배우는 방식으로만 배우고 있습니다. 사람들은 역사 교과서에 나왔다는 것만으로도 진짜 있었던 일이라고 생각하곤 합니다. 게다가 단군 이야기는 마치 역사 기록을 이해하는 방법으로 해석됩니다. 그리고 그것만으로도 단군 이야기가 전부 이해된 듯이 끝나버리곤 합니다.

단군 이야기를 이렇게만 보는 것은 역사를 배운다는 점에서 생각해보면 너무나도 안타까운 일입니다. 단군 이야기를 배운다는 것은, 옛이야기란 무엇인지, 역사 기록이란 무엇인지, 매우 흥미롭고도 풍부하며, 또 오래되기까지 한 소재를 통해 배울 수 있는 중요한 순간에, 스스로 생각해보지도 못하고, 직접 풀어보지도 못합니다. 그저 이미 남이 다 생각해놓고 풀어놓은 것들을 외우고 있는 셈입니다. 좀 더 나중이 되면 이야기를 스스로 생각해보고, 기록을 직접 풀어볼 수도 있겠지만, 이미 단군 이야기는 건너뛴 다음의 일입니다. 어른이 되었을 땐 이미, 교과서에서 배운 그대로의 인식이 이어지거나, 순전한 거짓말이 되거나, 그것도 아니면 신격화된 거대하고 강력한 제왕인 줄로 알게 됩니다.

일연은 〈삼국유사〉 머리말에서 이렇게 말했습니다.

"말도 안 되는 이상한 이야기이지만…, 어떻게 이상하다고 할 수 있겠는가." 바로 그 뒤에 단군 이야기가 이어지고 있습니다. 단군 이야기를 읽는 법도 여기에 있으리라 생각합니다. 이상한 이야기이면서도 이상하다고만은 할 수 없는, 그 사이에 무한한 가능성이 펼쳐진 이야기로 말입니다.

이 책은 크게 다음 세 가지 상상을 토대로 썼습니다.

— 단군 이야기는 누가 혼자 만들지 않았다. 그것은 수많은 사람이 저마다 자신의 말과 글로 만들었을 것이다.

— 단군 이야기는 한 번에 완성되지 않았다. 문자로 정리되기까지는 오랫동안 내용이 더해지거나 빠지고, 실수로 바뀌거나 잊히기도 했을 것이다.

— 단군 이야기는 하나의 이야기가 아니다. 환인의 이야기, 환웅의 이야기, 곰과 호랑이의 이야기 등, 원래는 별개였던 이야기들이 덧붙어 만들어졌을 것이다.

단군 이야기는 어떤 사람들이 기록했고, 그때 그 사람들은 어떤 것들을 생각했고, 또 보고 들었을지 함께 살펴보면 어떨까요?

2020년 가을 박용준

| 차례 |

일러두기

1. 이 책은 단군 이야기의 여러 장면과 줄거리에 관한 온갖 개인적인 상상입니다. 단군 이야기가 정리되어 나타난 것은 고조선이 있었다고 하는 시기로부터 이미 수천 년이 지난 시점으로, 상당히 나중의 일입니다. 그 사이에 단군 이야기는 수많은 부분이 덧붙여지거나 없어지고, 또는 바뀌었을 것입니다. 단군 이야기를 썼거나 정리하고, 또는 이야기한 사람들이 어떤 생각을 하고 있었는지 참고하기 위하여 당시의 역사 기록이나 이야기, 그리고 일부 유물을 살펴보기도 했지만, 출처를 밝히지 않은 모든 서술은 역사적 사실이 아닌, 역사적 상상입니다.

2. 단군 이야기에는 여러 갈래가 있습니다. 고려 후기에 일연이 쓴 〈삼국유사〉의 고조선(왕검조선) 기록은 지금까지 전해지는 것 중에 가장 오래된 단군 이야기입니다. 그로부터 몇 년 뒤, 이승휴가 쓴 〈제왕운기〉 하권에도 단군 이야기가 나옵니다. 이것은 두 번째로 오래된 단군 이야기입니다. 〈삼국유사〉의 단군 이야기와 〈제왕운기〉의 단군 이야기 내용은 대개 비슷합니다. 그렇지만 환웅이 하늘에서 내려오고 단군이 태어나는 부분에서는 크고 작은 차이가 있습니다. 〈삼국유사〉의 단군 이야기를 주로 이야기하면서, 필요할 때 〈제왕운기〉의 단군 이야기도 같이 살펴보겠습니다.

3. 〈삼국유사〉 등 여러 기록은 단군이 세웠다는 나라를 '조선'이라고 했습니다. 우리가 고조선이라고 부르는 나라가 이것입니다. 그런데 1392년

이성계가 왕이 된 다음에 나라 이름을 조선이라고 정한 뒤로는, 조선이라고 하면 주로 이 나라를 얘기합니다. 그래서 단군이 세웠다는 나라를 고조선이라 하고, 이성계가 세운 나라를 조선이라고 하겠습니다.

4. 일연이나 이승휴는 단군 이야기에 자기 생각을 덧붙여 두었습니다. 단군 이야기에 나오는 시대는 고조선 때로, 두 사람이 살던 고려 시대와는 멀리 떨어져 있어서 나라 이름, 산 이름, 같은 것들이 서로 달랐고, 연도가 안 맞는 일도 있었기 때문입니다. 그래서 일연은 단군 이야기에 나오는 곳이 자기가 살았던 고려 시대에는 무엇이라고 불렸는지 메모해 둔 것입니다. 대개 "지금 이곳은 ~이다"라고 쓰여 있습니다. 그렇지만 단군 이야기처럼 아득한 옛날이야기에 나오는 나라, 산, 강이 어디에 있었는지 알려면, 앞으로도 믿을 만한 기록이 아주 많이 발견되어야 할 것입니다.

5. 책 표지와 본문에 등장하는 모든 유물 사진은 국립중앙박물관(https://www.museum.go.kr)과 문화재청(www.cha.go.kr) 및 공공누리(https://www.kogl.or.kr/)에 게시된 제1유형의 저작물과, 위키피디아(http://www.wikipedia.org)에서 상업적 이용이 가능한 이미지입니다. 해당 기관 및 저자의 저작권 정책을 존중하며 이와 같이 출처를 밝힙니다.

1. 단군 이야기의 주요 장면들

일연(1206~1289)이 쓴 〈삼국유사〉에는 가장 오래된 단군 이야기가 나온다.

이 이야기는 몇 장면으로 나눠볼 수 있다.

첫 번째 장면은 환웅이 아직 하늘에서 살던 시절부터 시작된다. 애초부터 단군 이야기 자체가 옛날이야기지만, 그 기나긴 이야기 속에서도 가장 오래된 시절이다. 여기에는 하늘을 다스리는 환인과 그의 아들 환웅이 나온다. 여기서 환웅은 마치 아버지를 은근히 졸라서 인간 세상으로 가려는 허락을 받아낸다. 환웅이 아버지를 조르지 않았다면, 아무 일도 일어나지 않았을 것이다.

두 번째 장면에서 환웅은 인간 세상으로 내려온다. 그 때

무리 3천 명을 이끌고 왔는데, 그 무리는 귀신이라고도 한다. 환웅이 내려 온 곳은 신단수라는 나무 아래에 펼쳐진 신시였다. 그곳에서 환웅은 천왕이라고 불리면서 인간들을 다스렸다고 한다. 환웅을 비롯해 가장 많은 사람이 나오지만, 마치 환웅 혼자 세상을 다스린 것처럼 쓰여 있다.

세 번째 장면은 동물의 세계다. 동굴 속에서 살던 곰과 호랑이는 환웅에게 인간이 되고 싶다고 빌었다. 그러자 환웅은 백일 동안 햇빛을 보지 말고, 그동안 쑥과 마늘만 먹으면 인간으로 만들어주겠다고 했다. 환웅이 말한 금기를 잘 지킨 곰은 정해진 것보다도 일찍 여인이 되었다. 곰과 호랑이가 주인공이라고 할 수 있지만, 환웅이 시킨 대로 하면 상을 받고, 어기면 벌을 받는 내용이다.

그런데 단군 이야기는 하나만 있는 것이 아니다. 〈삼국유사〉보다 몇 년 뒤, 이승휴(1224~1300)는 서사시 〈제왕운기〉에

〈삼국유사〉에서 단군의 탄생	〈제왕운기〉에서 단군의 탄생
곰과 호랑이가 인간이 되고 싶어하자 환웅이 쑥과 마늘을 주며 햇빛을 보지 말라고 한다. 곰은 환웅의 말을 지켜 여인이 되었고 환웅과 혼인하여 단군왕검을 낳는다.	환웅이 손녀에게 약을 먹여 사람으로 만든 다음 신단수 나무의 신과 혼인시킨다. 그 뒤 환웅의 손녀가 단군왕검을 낳는다.

서 또 다른 단군 이야기가 있었다고 했다. 전체적인 줄거리는 비슷하지만, 〈제왕운기〉에서는 동굴 속 짐승들 대신, 신단수 나무의 신이 등장한다. 환웅은 자기 손녀에게 약을 먹인 다음에 신단수 나무의 신과 혼인시키는데, 단군왕검은 이들 사이에서 태어났다고 한다.

그렇지만 〈삼국유사〉에 실린 것처럼 결국에는 곰이 여인이 되는 이야기가 좀 더 많이 알려져 있다. 그것은 아무래도 〈삼국유사〉가 단군 이야기의 원형으로 여겨지기 때문일까? 아니면 환웅의 손녀가 식물과 혼인하는 내용보다는, 동물이 여인이 되어 환웅과 혼인하는 게 더 극적이기 때문일까? 그렇지만 두 이야기 모두 혼인이 신단수 나무에서 이뤄지고 있다는 점에서는 공통점이 있다.

네 번째 장면은 다시 인간 세상의 이야기이다. 〈삼국유사〉에서는 마침내 곰은 여인이 되었는데, 인기가 없었는지 아니면 사람들이 싫어했는지 혼인을 못 했다. 그래서 여인은 신단수 나무로 가서 아이를 낳게 해달라고 빌었다. 그러자 환웅이 잠시 인간의 모습으로 변해 여인과 혼인했다. 그리고 여인은 단군왕검을 낳았다. 여기서 단군은 막 태어났을 뿐이고, 여인과 환웅이 주인공으로 등장한다. 단군 이야기에는 잘 보면 아들이 아버지에게, 짐승이 환웅에게, 또 인간이 환웅에게 조르는 등, 뭔가 조르는 이야기가 많이 나온다. 그걸 생각해보면 여인도 곰이었을 때부터 환웅을 조르기 시작하여 주인공 역할을 맡고 있다.

다섯 번째 이야기는 단군왕검 시대의 이야기이다. 단군왕검이 왕위에 오른 것은 중국의 요 임금이 왕위에 있었을 때라고 한다. 이때 나라 이름을 조선이라고 부르기 시작했다. 나라를 세울 때 이름은 조선이었지만, 이성계가 세운 조선도 있으니 우리는 단군이 세운 조선은 고조선이라고 부른다. 그런데 단군왕검이 나라를 자그마치 1,500년 동안이나 다스리는 동안 평양에서 아사달로 나라를 한 번 옮기는 것 말고는 별다른 일이 없으며, 다른 사람들은 아무도 나오지 않는다.

여섯 번째 부분은 단군왕검이 물러나는 이야기이다. 만화책이나 교과서에서는 이 부분이 빠져 있어서 처음엔 있는 줄도 몰랐다. 갑자기 중국의 주나라 무왕이 기자라는 사람에게 고조선 땅을 주고 다스리게 한다. 고조선은 단군이 다스리고 있을 텐데 뜬금없이 중국의 주나라 무왕이 등장하고, 마치 자기 것인 듯 고조선 땅을 줘 버린다는 이야기는 온갖 상상을 불러일으킨다. '뭐지? 고조선은 중국의 식민지였단 말인가?', '단군은 왜 또 그걸 줘버렸지?' 그 뒤 단군왕검은 산신령으로 숨어 살다 죽었다고 한다. 단군이 주인공이지만 임금 자리에서 밀려나 죽는 마지막 모습까지 비추고 있다. 전체적으로 신비롭고 밝은 분위기였던 단군 이야기는 갑자기 쓸쓸하고 어둡게 마무리되는 듯하다.

2. 환웅은 왜 인간 세상에 가려고 했을까

천전리 암각화, ⓒ문화재청

옛날에 환인에게는 서자 환웅이 있었다.

— <삼국유사> 고조선(왕검조선)

하늘을 다스리는 환인에게는 서자가 있었다. 그 서자의 이름은 환웅이었다.

— <제왕운기> 하권

환웅의 아버지는 하늘을 다스리는 환인이었다. 하늘의 지배
자의 자식으로 태어난 환웅은 자라서는 아버지의 뒤를 이어
하늘을 다스릴 운명을 타고난 듯하다. 그런데 어째서인지 환
웅은 하늘보다는 인간 세상에 관심이 많은 것처럼 보인다. 자
꾸 인간 세상에 마음이 가 있는 것이 환인의 눈에도 뻔히 보

일 정도였다.

결국에 환웅은 인간 세상으로 내려왔고, 나중에는 그 아들인 단군이 고조선을 세우게 된다. 환인의 후손이라고 할 수 있는 단군이 하늘 아닌 인간 세상에 나라를 세우는 것은 환웅이 인간 세상에 내려오면서부터 시작되었다. 〈삼국유사〉에서는 환웅이 인간 세상을 구하려는 마음이 있었고, 환인이 널리 인간을 이롭게 할 뜻을 지녀 그렇다고 한다. 그런데 환웅은 왜 하늘을 떠나 기어이 인간 세상으로 온 것일까?

환웅은 왜 하늘을 떠났을까

권력자는 여인들을 여럿 데리고 살았다. 그것은 일연이 〈삼국유사〉를 쓴 고려시대는 물론, 훨씬 그 이전부터 있는 일이다. 권력자의 여인들 중 먼저 혼인한 여인이나 유력한 집단에서 온 여인은 정식 부인이 되었다. 그리고 정식 부인이 낳은 아들은 아버지의 권력을 물려받을 자격이 있었는데, 이런 아들들을 적자라고 했다.

정식 부인과 적자가 따로 존재한다는 것은, 그 그림자에 가려진 여인과 아이들도 있었다는 것을 의미하기도 한다. 권력자의 여인들 중에는 제대로 된 부인으로 여겨지지 않은 사람이 더 많았다. 특히 지배자와 뒤늦게 혼인했거나 변변치 않은 집단에서 온 여인은 정식 부인이 되지 못한 경우가 많았다.

심지어는 아예 부인 대접도 받지 못한 채 여인들도 있었는데, 이런 여인의 아이들 역시 제대로 된 자식으로 여겨지지 않았다. 권력을 물려받은 기회는 좀처럼 오지 않았고, 경쟁에 끼어들 힘도 없어 거의 버려진 자식 취급을 받기도 했다. 이들을 가리키는 말 중에 '서자庶子'가 있다.

원래 서자는 적자들 중에서 첫째(적장자)가 아닌 그 밖의 아들들을 가리키는 말이기도 했다. 그런데 나중에는 점차 정식 부인이 낳지 않은 아이들만을 따로 부르는 말이 되었다. 이는 지배자의 아이들 사이에서도 계급이 점점 엄격해지는 것을 반영한다. 이때가 되면 서자의 삶은 타고날 때부터 불운했을 것이다.

고려 시대까지 서자라는 말은 적장자가 아닌 아들들, 아니면 비공식 부인의 아들들이라는 두 가지 뜻으로도 모두 쓰였다. 그런데 〈삼국유사〉와 〈제왕운기〉는 모두 환웅을 서자라고 밝히고 있다. 적자였지만 첫째는 아니든, 아니면 적자가 아닌 나머지 자식이었든, 둘 중 하나였다.

환인을 하늘을 다스리는 신이라 생각해본다면, 하늘을 물려받는 것도 환인의 적장자가 될 가능성이 컸을 것이다. 그러나 환웅은 아버지가 아무리 환인이라고 해도, 어디까지나 서자에 지나지 않았다. 적어도 앞순위에서는 밀려나 있을 것이고, 더 나쁜 경우에는 애초부터 환인은 물려줄 생각조차 하지 않았을지도 모른다.

그래서 환웅은 때론 권력을 물려받을 수 없는 자식, 또는 권력을 다투다 밀려난 자식처럼 느껴지곤 한다. 만약 좀 더 힘이 있었다면 하늘을 물려받겠다며 형제들과 권력을 다퉜을지도 모른다. 설령 그랬더라도 환웅은 마침내 밀려났던 것 같다. 그런 환웅이 자꾸 인간 세상에 가고 싶다는 뜻을 비치는 것은 이렇게 어쩔 수 없는 현실을 깨달은 뒤로 보인다. 인간 세상으로 가는 것은 이 모든 욕망과 시도가 좌절되고, 그것마저 정리된 뒤가 아닐까?

환웅의 아버지는 누구였을까

환웅이 비록 서자이기는 해도, 환인의 자식이다. 그렇기 때문에 환인의 권위를 바탕으로 환웅은 인간 세상으로 내려가 삼위 태백三危太伯을 다스릴 수 있었다. 이 바탕에는 환인이 높고 위대한 존재라는 인상이 있다.

〈삼국유사〉에서는 환인을 불교의 신 '제석帝釋'이라고 한다. 제석은 도리천이라는 하늘을 다스린다. 이 이미지는 불교 전래 이전의 고대 동아시아 세계에서 하늘을 신으로 숭배하는 것과도 비슷한 점이 있다.

그런데 불교에는 도리천 말고도 수많은 하늘이 있고, 심지어 도리천보다도 더 높은 하늘이 있다. 물론 불교에서 이야기하는 하늘에는 서열이 있다. 그렇지만 하늘이란 단 하나만을 가리키는 것이 아니다. 그것은 다층적이고도 다차원적인 수많은 하늘이다. 그리고 도리천은 그중 하나에 지나지 않는다. 그렇다면 환인 또한 수많은 천신 중 하나로 도리천을 다스리는 천신 중 하나일 뿐이다.

단군 이야기는, 도리천을 비롯한 수많은 하늘의 지배자들과 그 자식들의 이야기 중 일부분이라고 할 수 있을 것이다. 고대의 수많은 부족과 국가들의 지배자는 저마다 하늘의 후예라고 자처했다. 그리고 그들에게는 각자 하늘이 있었다. 결국 세상은 저마다 하늘의 서자라고 하는 자들의 다툼으로 볼 수 있다. 차라리 이런 해석이 고대 동아시아 세계의 분위기를 반영하는 것일지도 모른다.

이제껏 단군 이야기에서 환인의 아들 환웅이 인간 세상에 내려온 것은, 우리 민족이 다른 민족들과는 달리 하늘로부터 선택받았다는 이야기로 여겨지곤 했다. 그렇지 않더라도 고조선 사회에는 일종의 '선민사상'이 있었다고 해석하기도 한다. 그렇지만 환인의 하늘이 수많은 하늘 중 하나, 환웅이 수많은 아들 중 한 명일 수 있다는 점은 그다지 심각하게 고민되지 못했다.

제석이 불교의 세계관에서 차지하는 위상이 크고 높다고 해도, 절대적이고 유일무이한 존재라고는 할 수 없다. 그리고 아들인 환웅도 역시 완전무결한 사람이 아니다.

환인이 불교 전래 이전에 고대 동아시아 사람들이 생각한 하늘 그 자체를 말하는 것이라거나 그게 아니면 하늘 가운데 도리천만을 다스리는 제석이든지, 그리고 환웅이 하늘의 서자이거나 여러 천신 중 '제석'의 서자이든지, 그것 말고도 생각해 볼 만한 것들이 있다. 환인이 반드시 절대신이어야만 하는 것은 아니다. 그리고 그 서자인 환웅은 환인의 권위를 온전히 물려받았다고만은 할 수 없다.

단군 이야기의 이면에는 수많은 다원적인 세계가 존재한다. 환웅이 어쩔 수 없이, 또는 쫓겨나다시피 밀려서 인간 세상의 삼위 태백으로 왔을 때, 또 다른 서자들도 저마다 인간 세상의 곳곳으로 향하고 있지 않았을까?

나라를 세울 운명은 누구에게 달렸을까

물론 단군 이야기보다 더 오래된 이야기가 있었을지도 모른다.

그게 있었다면 여기서만큼은 환웅도 우리의 바람대로 서자가 아닌 그저 평범한 아들, 적자였는지도 모른다. 그러나 지금 남아 있는 단군 이야기 중에서는 가장 오래된 〈삼국유사〉나 〈제왕운기〉에 실린 것보다도 더 거슬러 올라가는 것은 없다. 그리고 이들의 이야기에는 이미 수많은 하늘과, 그보다도 더 많은 자식을 이야기하고 있다.

자기 민족이 가장 뛰어나다고 하는 생각은 지금까지도 주변 여러 민족과 국가들 사이에 퍼져 있고, 우리도 여전히 조심해야 하는 것이다. 그러나 단군 이야기는 적어도 그런 이야기와는 거리가 있었다. 단군 혼자만 위대하다든가 하는, 너무 제멋대로인 이야기는 아니었다. 자기 부족이나 국가를 중심에 두되, 수많은 중심 중 하나로 보는, 다원적인 중심주의였다.

단군의 선조는 그다지 순수한 혈통을 타고난 게 아니었을지도 모른다. 그것은 단군도 마찬가지일지 모른다. 그러나 이런 상상을 불경하게만 여기고 모르는 체하는 게 더 나은 것일까? 고대의 사회의 분위기나 여러 신화를 생각해본다면, 서자야말로 민족이나 국가의 시조에 어울리는 것이다.

이제껏 나라를 물려받아 다스리는 것은 주로 적자들의 이야기이다. 그냥 앉아서 아버지의 나라를 물려받으면 되지, 굳이 나가서 애써 새로운 나라를 세울 필요가 없다. 그렇지만 서자들의 삶이란 그대로 머물러서는 나라를 다스릴 수 없다. 적자들의 세상에 살며 그들이 차지하고 남긴 것들에 만족하며 살 것인가, 아니면 새로운 세상을 세워 스스로 적자가 될 것인가?

나라를 세우는 것은 서자들의 이야기이다.

3. 환웅은 정말 하늘에서 내려왔을까

농경무늬 청동기(초기 철기 시대), ⓒ국립중앙박물관

환웅은 무리 3천 명을 이끌고 태백산 꼭대기에 있는 신단수 나무 아래로 내려왔다. 그리고 환웅은 여기를 '신시'라고 불렀고, 자기가 환웅천왕이라고 했다.

— <삼국유사> 고조선(왕검조선)

하늘은 누구나 드높고 위대하게 여기는 것이다. 그러나 한편으로는 드높고 위대한 만큼 사람들은 하늘을 잘 알지 못하여, 기존에 알던 세계와는 동떨어져 있었다. 이 때문에 정체가 불분명하거나 의심스럽기도 했던 수많은 이들은 하늘을 내세워 그 이상의 추궁을 막고자 했다. 현지 사람이 아닌 외부 사람이라고 해도 어떻게든 정체는 알아낼 수 있지만, 하늘에서 왔다는 것을 대체 누구한테 물어볼 수 있었을까?

왕은 왜 아이들을 죽였을까

설화 중에는 왕이 갓 태어난 아이들을 죽이려는 이야기가 많이 있다. 고리국(탁리국)의 왕은 시녀가 갑자기 임신하자 죽여버리려 했는데, 시녀는 하늘에서 달걀만한 기운이 자신에게 들어온 뒤 임신했다고 하여 위기에서 벗어난다. 금와왕은 우발수에서 유화 부인을 만났는데, 유화는 자신이 강의 신 하백의 딸이면서, 천제의 신 해모수와 정을 통했다가 버림받았다고 하여 왕에게 거둬졌다.

이야기에서 여인들은 모두 아이 또는 알을 낳게 되는데, 왕들은 처음에는 하늘의 핏줄을 타고났을지도 모를 이 괴생명체들을 모두 없애버리려 했다. 마치 기독교의 신화에서 유대 왕국의 헤로데 왕이, 베들레헴에서 새로운 유대 왕이 태어났다는 신의 예언을 전해 듣고는 베들레헴의 영아들을 모조리 죽이도록 한 것을 떠올리게 한다. 여기에는 하늘에서 왔다는 존재에 대한 두려움과 불안, 의심이 모두 들어있는 듯하다.

궁예(?~918)의 탄생 설화에도 비슷한 내용이 있다. 궁예는 신라 헌안왕 또는 경문왕의 아들이었다고 하나, 누구의 아들인

지조차 확실하지 않으며 어머니의 이름은 전해지지조차 않는다. 아이는 중오일(단오)에 태어났는데, 이날은 무척이나 밝고 뜨거운 날로, 해의 기운이 왕성했다고 한다. 또한 처음부터 이가 나 있었다고 한다. 왕은 불길하다고 여겨 궁예를 죽이려 했지만, 궁예는 한쪽 눈을 잃은 채 살아남는다.

신라 초기에 유리와 탈해가 이사금의 자리를 두고 경쟁할 때, 현명한 자는 이가 많다고 했음을 떠올리게 한다. 그러나 왕조의 말기에는 이런 것들은 오히려 현인의 출현이라기보다는 왕권을 위협하는 새로운 세력의 등장으로 여겨졌을 것이다.

궁예가 왕의 자식으로 설정되었음에도 왕위를 빼앗으러 온 불안한 존재로 여겨졌다면, 오히려 한편으로는 왕실과 전혀 관련이 없는 인물이라고 보이기도 한다. 하지만, 어떻게든 궁예를 신라 왕실과 연결시키려는 듯한 이야기이다.

그러다 아이는 성장기에 핍박을 피해 이곳저곳을 떠돌다 전혀 연고가 없는 곳에 정착하여 나라를 세우고 지배를 하곤 한다. 이는 원래 살던 터전을 벗어나 도망이나 방랑을 해야 할 만큼 너무 뛰어난 재능을 지니고 있어 시기의 대상이 되었거나, 기존 사회에서 권력을 승계하거나 획득할 가능성이 낮아졌을 수도 있다. 그것이 아니면 기존 사회가 존속이 불가능하여 여러 집단으로 분열될 수밖에 없음을 나타내는 것으로도 보인다.

환웅은 왜 하늘에서 왔다고 했을까

이런 것은 아마도 외부에서 온 지배 집단이 만들어 낸 이야기이거나, 아니면 현지에 살고 있던 지배 집단이 자신의 혈통을 고귀하게 보이도록 만들어낸 이야기일지도 모른다. 그중에서도 외부에서 온 지배 집단의 이야기라고 볼 수 있는 것은, 하늘에서 인간 세상으로 내려왔다는 설정 때문이다.

물론 아이가 태어날 때 처음부터 이런 일들이 일어났을 것 같지는 않다. 아마 이렇게 신비롭게 태어났다고 주장하는 아이가 권력을 형성할 때쯤 생겨난 것으로 보인다. 그 이전에 이런 이야기를 떠들고 다녔다면 당시 권력의 손에 이미 희생되었을 것이다. 선민사상에는 일단 힘이 전제되어야 한다. 원인 모를 이유로 태어난 아이가 나라를 세우고 지배를 하는 등, 본격적으로 권력을 손에 넣으려 할 때쯤 그는 물론 그 아버지도 높일 필요가 생기면서 만들어진 것이 아닐까?

외부에서 왔지만 아직 현지에서 뿌리를 내리지 못한 세력이 스스로 권위를 높여야 할 텐데, 여기에 가장 어울리는 것이 하늘이었을 것이다. 그것은 누구나 우러르지만 아무도 모르는 곳이기 때문일 것이다. 스스로 하늘의 후예라고 칭하며 자기들이 신성하다고 주장하고, 그래서 자기 선조의 이야기도 더 신성하게 만들고 싶어했다. 환웅은 하늘의 지배자 환인의 아들이었고, 하늘에서 살고 있었다. 그러나 인간들을 너무도 사랑한 환웅은 스스로 하늘을 떠나 땅 위로 내려왔다는 이야기였을 것이다.

물론 스스로는 하늘에서 내려오지 않았다는 걸 자기 스스로가 가장 잘 알고 있었을 것이다. 내심으론 자기도 진지하게 믿지 않았겠지만, 어차피 신화라는 것은 대외용일지도 모른다. 스스로를 위한 것이라기보다는 남에게 퍼뜨리기 위해 만들어졌을 것이다. 사회의 다른 사람들에게는 진지하게 이런 이야기를 주장했으리라고 생각된다.

환인은 왜 천부인을 주었을까

환인은 환웅에게 천부인(天符印) 3개를 주고, 삼위 태백에 가서 인간들을 다스리라고 했다.

— 〈삼국유사〉 고조선(왕검조선)

환웅이 하늘을 떠날 때, 환인'은 천부인 3개를 주었다고 한다. 이는 환웅이 환인의 명을 받고 내려왔다는 것을 증명하는 사물이기도 하다.

부족의 우두머리들은 자기가 직접 걸어다니며, 거느린 모든 땅과 사람들을 다스리곤 했을 땐 이런 것은 필요 없었을 것이다. 그런데 부족이 더욱 거대한 집단이 되고 마침내 국가가 생겨날 때쯤에는 땅이 훨씬 넓어지고 사람들도 훨씬 늘어난다. 부족장도 나중에는 스스로 왕이라 칭할 만큼 커지게 되었지만, 예전처럼 직접 다스리는 것은 점점 더 어려워졌다. 그래서 왕은 신하에게 명령을 내려 멀리 있는 지방을 다스리게 했다.

이때 명령을 받은 신하에게는 그 지방을 다스리라는 뜻으로 값진 도장을 주었다. 도장은 신하가 지방을 다스리는 동안 가지고 있으면서 중요한 공문서를 처리할 때 쓰는 것이었다. 왕이 준 도장으로 공문서를 처리한다는 것은, 그것이 신하의 행위이기도 하지만 왕이 하는 행위로도 여겨진 것이다.

또, 부절이라는 것을 만들어 왕과 신하가 한쪽씩 나눠 가졌다. 신하는 때때로 왕에게 사신을 보내 소식을 알렸고, 왕이 내리는 명령을 받아 오게 했다. 이때 신하는 왕에게서 받은 부절을 사신에게 갖고 가게 했다. 그러면 왕은 부절을 받아 서로 맞춰보면서 그 사신은 누가 보낸 사신인지 확인했다.

이렇게 왕의 명령을 받은 사람에게 부절과 도장을 주는 것이 유행했다. 그리고 왕의 부절과 도장을 갖고 있는 사람이야말로 왕이 지방을 다스리도록 허락한 사람이었다. 만약 환웅이 하늘에서 왔다면, 하늘의 부절과 도장을 갖고 있었을 것이다. 천부인이라는 설정은 이렇게 등장한 것 같다.

천부인은 무엇이었을까

그렇지만 하늘에서 내려 준 천부인이든, 그냥 왕이 내려 준 것이든, 이것은 단순히 권위만을 나타내기 위한 것은 아니었다. 한편으론 이런 것들을 만들어낸 데는 의심이라는 감정이 자리잡고 있었다. 특히나 부절이라는 것이 그렇다.

김부식(1075~1151)이 쓴 〈삼국사기〉에 따르면, 주몽(기원전 58~기원전 19)이 동부여에서 도망칠 때 임신한 아내 예 씨는 주몽을 따라가지 않고 동부여에 남았다고 한다. 그 뒤 예 씨는 아들 유리(?~18)를 낳았다. 주몽이 동부여에서 널리 알려졌던 걸 생각하면 그 가족들의 정체 역시 동부여 사람들이라면 다 알고 있었을 것이다. 그런데 주몽을 해치려던 동부여의 왕자들은 무슨 일인지 주몽의 가족들에게는 손대지 않았던 것 같다.

다만 유리는 마을 사람들로부터 아버지가 없어서 성질이 사납다는 말을 듣는 등 수모를 겪었다. 그러니 그날, 유리는 어머니로부터 아버지가 동부여를 떠나 남쪽에서 새로운 나라를 세웠다는 꿈만 같은 이야기를 듣는다. 그런데 주몽은 떠날 때 자기의 물건 하나를 어딘가에 감춰 두고는, 자신의 친아들이라면 이 물건을 찾아낼 수 있어야 한다는 말을 남겼다.

유리는 집 안팎을 샅샅이 뒤진 끝에 부러진 칼 한 조각을 찾아냈고, 남쪽의 고구려로 가서 주몽에게 친아들임을 인정받고 나중에는 왕위까지 계승했다.

이 이야기 역시 앞뒤가 딱 맞아떨어지는 구조로 되어 있어, 과연 사실일까 하는 생각이 들기도 한다. 주몽이 급하게 달아난 사정이 있었지만, 멀리 떨어져 살던 적자가 아버지를 찾아와서 왕위를 이어받는다는 이야기 구조는 단군 이야기와는 큰 차이가 있다.

그러나 한편으로는 고구려의 왕위가 주몽에서 유리에게 넘어갈 즈음에는 유리의 정통성을 강조하는 차원에서 이런 이야기를 왕실을 중심으로 적극적으로 퍼뜨렸을 것이다.

영웅 설화에서는 주인공 영웅이 어려운 문제에 부닥쳐 고민하다 마침내 해결하고 왕이 된다든지 권세를 얻는다든지 하는 이야기가 많이 있는데, 한편으론 주몽의 뿌리 깊은 의심을 볼 수 있다. 아마도 건국 초기의 고구려에는 자신이 동부여에서 온 친아들이라며 사기를 치는 인간들이 적지 않았던 듯하다.

주몽 스스로도 알을 깨고 나오기 전부터 정체를 의심받곤 했는데, 자라나서는 자신의 친아들이 누군지 의심하게 될 줄은 자신도 예상하지 못했을 것이다. 한편으로는 유리 말고도 비류, 온조(?~28) 등 앞순위의 왕위 계승 후보자들이 많이 있었는데, 이들 또한 유리의 정체를 크게 의심했을 것이다.

유리가 가져온 부러진 칼은 이 모든 의심을 한번에 해결하여, 주몽은 친아들을 얻었고, 비류와 온조는 어쩔 수 없이 왕위 계승을 포기하게 된다. 여기서 부절은 권위를 상징하기보다는 의심에서 나왔으며, 동시에 그 의심을 해소하는 용도로도 사용된다. 권력자 본인의 의심은 물론, 그를 둘러싼 주변 사람들의 의심을 푸는 것이기도 하다. 환웅의 시대에는 어땠을까?

환웅은 어떻게든 자신이 하늘에서 왔음을 증명하기 위해, 어떤 사물들을 꺼내 보였을 것이다. 그런데 그것은 하늘과 서로 맞춰 보기 위한 것은 아니었을 것이다. 어떤 것인지는 알 수 없으나, 자신이 하늘을 떠날 때 환인으로부터 받았다고 주장했으리라 여겨진다. 그 점에서 볼 때, 사람들에게 자랑스럽게 보여줄 만한 것이어야 했다. 권위를 내세울 만한 것이면서도, 사람들이 의심하지 않을 만한 것이어야 했다.

아마도 환웅이 새로 도착한 사회에서는 도저히 본 적도 없는 것이어야 했을 것이다. 단군이 수천 년 전에 실제 있었다고 보는 사람들은 아마도 청동기였을 것이라 생각하기도 하지만, 단군이 언제 있었는지를 알 수 없으니 천부인도 무엇으로 만들었는지는 알 수 없다. 어쩌면 아무것도 없었는데, 뭔가 대단한 것이 있는 것처럼 연출했을 수도 있을 것이다. 환웅이 하늘에서 내려왔다는 걸 좀 더 그럴듯하게 해주고, 믿지 않는 자들에게는 믿으라고 강요하기 위해, 혹시 천부인을 이런 데 쓰지 않았을까?

사람들: 당신들은 누구십니까?

환웅: 나는 하늘을 다스리는 환인의 서자로 환웅이라 한다. 너희들을 이롭게 하고자 하늘에서 내려왔다.

사람들: 정말 하늘에서 내려오셨습니까?

환웅: 그렇다. 이 천부인이 그 증거다.

사람들: 이것이 무엇입니까?

환웅: 내가 하늘을 떠날 때 환인께서 직접 주신 것이다.

사람들: 예….

그런데 천부인보다는 환웅이 끌고 온 무리가 더 무서웠을 것이다.

4. 단군은 정말 평화롭게 나라를 세웠을까

조선 고종(재위 1864~1907) 국장 당시의 방상씨(方相氏)들, ⓒWikipedia

환웅은 무리 삼천 명을 이끌고 태백산 꼭대기에 있는 신단수 나무 아래로 내려

왔다. 그리고 환웅은 여기를 '신시'라고 불렀고, 자기가 환웅천왕이라고 했다.

— <삼국유사> 고조선(왕검조선)

이 장면은 분명 단군 이야기에서 가장 장엄한 장면 중 하나
일 것이다. 이야기의 무대가 하늘의 세계에서 이제 인간 세상
으로 바뀌면서, 단군 이야기의 진정한 막이 열리는 장면이기도
하다. 이 장면의 모티프는 어디서 왔을까?

극락세계의 맞은편에는 무엇이 있을까

이 부분을 읽을 때면 언젠가 고려 불화 특별 전시에서 본

〈아미타 성중 내영도〉가 떠오르곤 한다. 〈아미타 성중 내영도〉는 이제 막 죽어 극락왕생을 하게 된 사람이 제 발로 극락으로 가는 것이 아니라, 아미타불이 보살들을 거느리고 죽은 이 앞에 친히 나타난 것으로 장엄하고도 아름다운 순간을 의미한다. 일연이 〈삼국유사〉에서, 이승휴가 〈제왕운기〉에서 단군 이야기를 정리할 때도, 환웅이 이끄는 삼천 명의 무리가 아미타 성중처럼 이렇게 구름을 타고 인간 세상에 내려왔다고 떠올렸을지도 모른다.

그렇지만 한편으로는 이런 그림에서 환웅이 수많은 무리를 거느리고 인간 세상에 성큼성큼 내려오고, 사람들은 그것을 불안한 눈으로 쳐다보는 듯한 광경을 떠올리기도 한다. 그런 생각이 드는 것은 환웅이 데리고 간 무리가 평화로운 풍경과는 거리가 먼, 압도적인 규모의 수였기 때문이다. 그때부터 종종 이 이야기에서 단군이 정말 평화롭게 나라를 세웠는지 의문이 들곤 한다.

사람들은 어떤 큰일을 겪고 나면, 그걸로 새로운 이야깃거리를 삼기도 하고, 신화의 소재로 만들기도 한다. 예를 들어 신화에서 세상이 물에 잠겨 버리거나 불타 버렸다는 장면이 나오곤 하는 것을, 커다란 홍수라든지 심한 가뭄이 들었을 때의 집단 경험이 반영된 것으로 보기도 한다. 그리고 대개 이런 장면이 나올 때는 이야기의 무대도 크게 바뀌곤 한다.

이와 같은 방식으로 환웅의 무리가 하늘에서 땅으로 내려오는 것을 해석해보면, 커다란 사회 변화나 대규모 집단 이동이 벌어진 것으로 이해되기도 한다. 좀 더 구체적으로는 한 무리의 사람들이 다른 부족의 정착지로 대규모 이동을 하는 것이기도 하다. 환인이 다스리고 있다는 인간들이 살고 있는 땅으로 내려갔다는 것은, 부족의 대규모 집단 이동 과정이 마치 아득한 하늘에서 머나먼 땅으로 내려가는 것만큼 길고 험했다는 이야기일까?

환웅은 왜 삼천의 무리를 데리고 왔을까

환웅은 외부 세력일 뿐만 아니라 수많은 무리를 이끌고 나타났다. 이것은 동명 설화처럼 적은 수의 사람들만 이끌고 새로운 땅으로 들어가 나라를 세우는 것과도 다르고, 그 밖의 여러 신화에서 볼 수 있는 것처럼 갑자기 정체불명으로 태어난 뒤 그 땅을 지배하게 되는 이야기와도 그 유형이 다르다. 환웅은 삼위 태백에 있는 태백산 꼭대기의 신단수에 내려왔고, 〈삼국유사〉에 따르면 여기에 신시를 열고 인간들을 다스렸다고 한다.

이때 환웅이 하늘에서 인간 세상으로 데리고 간 무리는 자그마치 삼천이나 되었다고 한다. 단군 이야기에는 '1,908세'와 같이 굉장히 구체적인 숫자들이 나오는가 하면, '삼천'처럼 진짜 3,000인지, 굉장히 많다는 뜻인지 모를 말들이 있다.

옛사람들은 삼천이라는 말을 2,998, 2,999, 다음의 3,000이라기보단, '아주 많다'라는 뜻으로도 많이 쓰곤 했다. 사람들이 굉장히 많이 모여 있으면, 어떤 사람들이 보기에는 고작 수백 명쯤으로 보이기도 하고, 그보다도 훨씬 더 많이 수천 명으로 보이기도 한다. 요즘도 대규모 시위 때 시위대가 바라보는 규모와 경찰이 바라보는 규모는 크게 차이가 나곤 하는데, 당시에는 이러한 불일치가 더욱 컸으리라 생각된다. 이승휴가 쓴 〈제왕운기〉에는 이렇게 표현되어 있다.

환웅은 천부인 3개를 받아서 귀신 삼천을 거느리고 태백산 꼭대기 신단수 나무 아래로 내려왔다. 그래서 환웅을 단수 나무로 내려왔다고 해서 단웅천황이라고 했다.

― 〈제왕운기〉 하권

〈삼국유사〉든 〈제왕운기〉든, 두 이야기 모두 환인의 아들, 환웅이 삼천이나 되는 이 어마어마한 무리를 이끌고 인간 세상에 내려갔다고 한다. 하늘에서 사람들이 내려온 것이지만, 낯선 사람들이 집단으로 다른 사람들이 살고 있던 땅에 들어가는 이야기로 보이기도 한다.

환웅 무리의 입장에서 보면 삼천 명이라고 할 만큼 많은 사람이 다른 사람들의 땅으로 들어간 것이다. 환웅과 그가 이끄는 삼천 명의 무리는 자신들이 험난한 여행을 마치고 삼위 태백 사람들의 땅으로 들어간 때를 오랫동안 이야기했을 것이다.

단군 이야기는 환웅이 이동했다는 것이나 세상을 다스렸다는 이야기 등, 주로 단군과 그 선조들의 입장에서 쓰였다. 그래서 그 외의 이야기는 거의 다뤄지지 않는다. 그중에 곰과 호랑이 같은 한낱 '미물'이 등장한 것은 매우 이례적인 일인데, 단군이 태어나는 과정에서 중요한 역할을 했기 때문에 특별히 기록했던 것 같다. 그런데 삼천의 무리가 인간 세상으로 내려갔다는 거대한 사건은 어째서인지 단군 이야기에는 잘 나타나지 않는다.

한편, 삼위 태백이라 불리는 인간 세상에서 사는 사람들의 입장에서는 자기 땅에 갑자기 삼천 명의 낯선 사람들과 마주치는 것이 된다. 그 어느 것이든 중요한 순간이었을 것이다. 사람들도 갑자기 환웅이 이끄는 삼천 명의 낯선 무리와 마주한 그때를 기억했을 것이다. 이만한 일은 들어온 자와 들여보낸 자, 어느 사람들에게나 중대한 일이다. 그런데 여기에는 삼위 태백의 사람들이 그동안 어떻게 살았고, 환웅이 내려온 그때 무슨 일이 있었는지, 환웅이 다스리던 시기 사람들은 어떤 삶을 살았는지에 관한 내용은 없다. 고대 임금들에 관한 이야기나 기록에는 백성들이 즐거워하거나 괴로워했다는 내용이 짧게나마 남아 있곤 한다. 그러나 단군 이야기에는 당시 인간 세상에 살던 사람들의 목소리는 전해지지 않는다.

단군 이야기에서는 환웅이 신단수 나무 아래로 내려왔다는 것만으로 거대한 이동에 관한 이야기는 마무리되는 듯하다. 이때 어떤 일이 벌어졌을지는 알 수 없다. 아무 이야기도 없다는 건, 마치 아무 일도 없었던 것으로 종종 착각되기도 한다. 그렇지만 생각하기에 따라서 이것이야말로 무엇인가 빠진 것처럼 느껴진다. 무슨 일이 있었을까?

환웅은 뛰어난 지도자였으리란 생각도 든다. 그는 위대한 부족장의 피를 타고 났다고 주장할 만큼, 수많은 무리를 이끌고 험난한 여행길에 오르는 등 지도력이 있었다. 그러므로 삼위 태백에 도착했을 때는 그곳에 살던 이들도 환웅을 높이 존경하여 스스로 복종했을 수도 있다. 그 결과 서로 다른 족속들이 한 임금을 섬기며 서로 화목하고, 그 교화가 두루 미친 듯이 보이기도 한다. 그렇지만 원래는 좀 더 다른 이야기였을지도 모른다.

대규모 인구 이동이 일어날 때는 보통 큰 사회 변화가 일어나곤 한다. 원래 자기 땅에 살고 있던 사람들의 입장에서도 삼천 명이나 되는 이방인들이 갑자기 자기 땅으로 들어온다면 충격일 것이다. 이 순간에 원래 그 땅에 살던 사람들이 과연 삼천 명의 이방인 무리를 반갑게 받아들였을까?

그랬다면 단군 이야기는 서로 다른 집단이 한 세상에서 공존하면서 나라를 세우게 되는, 무척이나 평화로운 이야기라고 부를 수 있을 것이다. 그러나 반드시 그렇지는 않았다면, 어느 끔찍한 싸움 이야기가 있었던 것은 아닐까?

환웅이 인간 세상에 내려왔을 때 아무 일도 없었다고 하는 것을 쉽게 이해할 수는 없다. 삼천이나 되는 무리를 이끌고 왔다는 것을 생각하면, 이 이야기는 결코 평화로웠다고 할 수만은 없다. 싸움이든 아니든, 단군 이야기는 한 부족이 다른 부족을 정복하는 이야기로 생각되기도 한다.

〈제왕운기〉의 귀신 삼천은 누구였을까

환웅이 신인이라면 단 한 사람만으로도 인간 세상을 다스릴 수 있었을 것이다. 아니면 옛 나라의 시조들과 마찬가지로, 자신을 따르는 몇 사람만 데리고도 사람들은 스스로 마중 나와 기쁘게 복종하였을 것이다. 그런데 그 무리는 삼천이나 되었고, 이들은 모두 환웅을 섬겼다고 한다. 게다가 이승휴는 〈제왕운기〉에서 이 무리가 귀신이었다고도 한다.

여기서 말하는 귀신이란, 마치 귀신처럼 생겼다는 말인지, 귀신같이 날래고 용맹한 무리라는 것인지, 그것도 아니면 정말로 귀신을 가리키는 것인지 알 수 없다. 그들은 무엇을 보고 귀신이라고 했을까?

환웅이 새로운 땅으로 들어오면서 스스로 하늘에서 왔다고 했을 때는, 분명 날랜 사람들로 자신을 모시도록 했을 것이다. 이들은 나타났다가 사라지는 것이 마치 귀신과도 같았다는 말일 것이다. 그래야 좀 더 하늘에서 내려왔다는 사람처럼 보였을 것이다. 싸울 때가 되면 이들은 그야말로 귀신같이 싸웠을 것이다.

또, 귀신처럼 생긴 사람들이라고 본다면, 아마도 그들의 옷차림이 귀신 같았다는 말일 것이다. 환웅이 고대 사회에서 지배자의 역할을 했다면 위로는 하늘에 제사를 지내고, 아래로는 악귀들을 쫓는 의식을 행했으리라고 생각된다. 신라 말기 최치원(857~?)은 향가 〈대면大面〉을 지어, 커다란 황금 탈을 쓰고 악귀를 쫓는 의식을 묘사했다. "황금 탈 쓴 그 사람, 구슬 채찍 들어 귀신 부리네." 악귀들을 쫓을 때는 그 역할을 맡은 사람에게 악귀보다 더 무서운 귀신의 탈을 쓰게 하곤 했다. 귀신의 탈 중에서도 방상씨方相氏의 탈은 눈이 네 개 있어서 저승까지도 노려보았다고 한다. 〈삼국유사〉의 비형랑, 처용 설화는 악귀를 더 무시무시한 귀신이 쫓는 이야기이다. 지금도 악귀를 쫓아낼 때는 귀신의 탈을 쓴다. 단군 이야기가 전하는 귀신이란 이것을 말하는 것 같기도 하다.

환웅은 새로운 땅에 도착했을 때, 낯선 이곳에는 어떤 악귀들이 얼마나 사는지 알지 못했을 것이다. 오늘날까지도 악귀를 두려워하는 심성은 희미하게나마 남아 있다. 그리고 단군 이야기가 막 정리되던 무렵에도 악귀들이 떠돌며 역병을 퍼뜨려 수많은 사람을 죽였다는 이야기는 여전히 진지하게 받아들여지곤 했다.

사람은 흉하고 추한 것을 멀리하고, 길하고 귀한 것을 가까이하기 마련이다. 그런데도 궁궐에서는 나례儺禮를 열고, 군기에는 귀신의 사나운 눈과 입을 새겨 놓는데, 모두 악귀를 쫓기 위해서 그렇게 한다.

백성들은 집집마다 무시무시한 귀신의 모습을 그려 붙였다. 악귀는 심지어 익숙한 자기 집에조차도 깃들 수 있는 것이기 때문이다. 환웅은 무리가 삼위 태백에 다다랐을 때, 가장 먼저 무시무시한 귀신의 탈을 쓰게 하고 악귀들을 쫓는 의식을 치렀을 것이다. 그러나 그것은 악귀들만을 쫓는 것이었을까?

그 옛날에는 때론 다른 부족 사람을 만나면 악귀처럼 여겼다고도 한다. 서로 땅을 침범하지 못하게 한 데에는 이러한 뜻도 있었던 것 같다. 부족들이 서로 미워하고 멀리하려는 마음은 깊고 컸다. 타인은 지옥이라는데, 이 시기에는 타인은 악귀였을 것이다. 환웅이 데려왔다는 귀신들이 악귀를 쫓아내려 했다면, 악귀라는 것은 또한 삼위 태백에 사는 사람들 그 자체가 아니었을까?

그렇다면 귀신이라고 하는 이야기는, 악귀를 겁주기 위한 것이 아닌, '인간 세상'의 사람들을 겁주기 위한 것이었으리라 생각된다.

단군 이야기에서는 태백산의 신단수 나무 아래에 환웅이 자리잡고 신시를 열었다고 한다. 그 먼 옛날 그곳에 사람들이 살고 있었다고 하더라도 얼마나 되었을까. 어쩌면 환웅의 무리보다도 그리 많지 않았을 것이다. 환웅이 무리를 많이 이끌고 왔다는 이야기들이 전해지는 걸 보면, 오히려 그곳에 살던 사람들이 환웅의 무리가 많은 데에 놀랐던 것 같다. 그 생김새가 귀신 같았으면 더욱더 무서웠을 것이다.

　사람들은 싸우지 않고 환웅에게 굴복했는지, 아니면 큰 싸움이 벌어져 부족의 남자들이 많이 죽었는지, 아니면 정말 아무 일도 없었는지는 알 수 없다. 너무 오랜 시간이 지나, 대규모 이동이나 싸움에 관해서는 아무것도 알 수 없게 되어버렸다.

　삼위 태백에 살던 사람들도 환웅이 오기 전까지 저마다 신을 섬겼을 것이다. 환웅이 내려온 이후, 사람들이 순순히 지배를 받아들였다든지, 피 튀기게 싸웠다든지 하는 말도 없이, 이야기는 곧장 환웅이 인간들을 다스렸다는 것으로 일단락된다. 여기에는 수많은 가능성이 있다. 어쩌면 이들은 전쟁하러 왔고, 어쩌면 전쟁이 일어났을지도 모르겠다. 그리고 삼위 태백이라는 곳은 환웅이 온 직후에는 크게 혼란스러워졌을 것이다.

5. 환웅은 인간 세상을 어떻게 다스렸을까

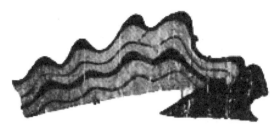

무용총 벽화에 묘사된 산(고구려 시기), ⓒWikipedia

환웅이 평화롭게 내려왔는지, 아니면 큰 싸움이 있었는지, 그것도 아니라면 평화와 전쟁 그 사이의 어디쯤이었지는 알 수 없다. 다만 환웅은 그 뒤에 인간 세상을 지배했다는 이야기만이 남아 있다.

환웅은 먼저 태백산 꼭대기의 높은 곳에 있는 신단수 나무 아래로 내려왔고, 그곳을 신시라고 불렀다고 한다. 굴속에서 서식하는 곰과 호랑이가 신화에 나오기도 하고, 나중에 아들인 단군왕검은 고조선을 세우고 난 뒤 도읍을 백악산의 아사달이라는 곳으로 옮기기도 한다. 임금에서 물러난 뒤에는 산신령이 되었다고도 하니, 이를 보면 고조선과 그에 앞선 사회는 주로 산에 자리를 잡고 인간 세상을 다스렸던 것처럼 보인다.

고조선은 나중에는 한반도 서북 쪽에 있다가 멸망하게 되는데, 이곳 역시 산이 아주 많은 곳이었다. 환웅이나 단군이 다스렸다고 하는 인간 세상도 여기쯤 있었다고 한다면, 단군 이야기의 내용에는 산이 많았던 지역의 특성이 담겨 있는 것 같다.

산이라는 곳은 신으로 모셔지기도 했다. 그것을 떠올리면 단군 이야기는 아주 간단하게는 산이나, 거기 산다고 믿어졌던 산신령에 관한 이야기였을지도 모른다. 그것이 그 산 지역에 자리를 잡은 고조선이라고 하는 나라와 어떠한 형태로든 관련되어, 단군이 고조선이라는 나라를 세우는 이야기로 발전했을 수도 있을 것이다.

환웅은 왜 산에 자리잡았을까

한편으로는 산에 세워진 세상이라고 하는 것은, 건국 초기라든지 나라가 위기가 찾아왔을 때 산에 수도를 두었던 나라들을 떠올리게도 한다. 부여나 고구려가 세워진 이야기에서는, 두 나라는 다른 나라에서 쫓겨 온 사람들이 나라를 세웠는데 산 위에 수도를 세웠다는 것으로 연구되고 있다. 고조선의 마지막 수도인 왕검성 또한 산에 있었으리라고 여겨진다.

우거왕은 군사를 일으켜 험준한 곳을 가로막았다. … 누선장군 양복은
제(齊) 땅의 병사 7천 명을 거느리고 먼저 왕검에 이르렀다. 우거왕은 성
을 지키면서 누선군이 적은 것을 엿보아 알고, 곧 성을 누선군을 쳤다.
누선군은 패해 흩어져 도망쳤다. 장군 양복은 군사를 잃고 산속에서 10
여 일 동안 숨어 있었는데, 흩어진 군졸들을 점차 거둬들이자 군사들이
다시 모았다.

― <사기> 조선열전

고조선의 우거왕(재위 ?~기원전 108)은 한나라 무제(재위 기원전
141~기원전 87)의 공격을 받았을 때, 험한 곳을 막아 싸웠다. 이
때 한나라의 누선장군 양복은 병사 7천 명을 이끌고 곧장 수
도인 왕검성을 공격했는데, 이때 패배하여 산속에서 10여 일을
숨어 있었다고 한다. 이를 보면 왕검성은 지형이 험한 곳에 자
리잡고 있었다고 생각해볼 수 있다.

많은 이유가 있겠지만, 산에 나라를 세우는 중요한 이유 중
하나는 방어를 위한 것이라고도 여겨지고 있다. 고구려의 첫
수도는 졸본성의 오녀산성에 있었다고 하며, 나중에 침략을

받아 국가적 위기에 몰리면 환도산성으로 들어가곤 했다. 대무신왕(재위 18~44) 때 한나라가 쳐들어왔을 때도, 동천왕(재위 227~248) 때 위나라의 공격을 받았을 때도 왕들은 환도산성으로 피했다. 한편 백제는 고구려 장수왕(재위 412~491)의 공격을 받은 다음 공산 위로 수도를 옮겼고, 신라는 자비 마립간(재위 458~479) 때 명활성으로 옮겨 고구려 장수왕의 남진에 맞서려 했다. 고구려가 멸망한 뒤에 세워진 발해는 당의 공격을 천문령에서 막 물리친 뒤, 동모산에 수도를 두었다고 한다.

싸움이 막 끝난 지 얼마 되지 않았거나, 언제 싸움이 벌어질지 몰라 팽팽한 긴장감이 감돌던 때는, 이렇게 산 위에서도 나라가 만들어지곤 했다. 어쩌면, 환웅이 하늘에서 내려와서 신단수 나무 아래에 자리 잡았다는 것은, 산에 자리잡았다는 것을 가리키며, 또한 위의 여러 나라처럼, 쫓겨왔거나 싸움을 치르며 왔다는 것이 아닐까?

환웅이 다스리던 때에도 법은 있었을까

그런데 환웅이 다스리기 이전의 인간 세상은 어떤 모습이었는지 나와 있지 않다. 물론 환웅이 오기 전이나 그다음이나 별로 변한 게 없었을지도 모르겠다. 그렇지만 다른 사람들이 대규모로 몰려온 뒤에는, 한동안 제멋대로 구는 등 혼란이 일어났을 수 있다. 또한 어느 지역이 정복된 뒤에는 전보다는 훨씬 복잡한 세상이 되어버리곤 한다.

그래서 단군 이야기에는 세상이 크게 바뀌었다는 말은 없어도, 그렇게 생각해볼 수 있는 장면들이 있다.

환웅은 풍백, 우사, 운사라는 관리를 거느리고 곡식, 생명, 질병, 형벌, 선악 등 다해서 인간의 360여 가지 일을 맡아서 세상을 다스리고 있었다.

— <삼국유사> 고조선(왕검조선)

환웅이 태백산의 신단수에서 열었다고 하는 신시는 어느 정도 나라라고 부를 수 있을 만한 모습을 갖추고 있다. 환웅이연 신시도, 그리고 그곳으로부터 국가가 생겨나기 전에도 이미 사회 질서라는 것이 잡혀가고 있는 걸 보여주고 있다. 물론, 사회 질서가 잡히고 있다는 것도 환웅이 대규모 인원을 동원하여 정복한 후의 이야기일 것이다.

어떤 사람들은 이것을 보고, 단군이 고조선을 세우기 전에는 환웅이 다스리던 나라가 있었다고 믿는 사람들이 있다. 또는 그보다 더 먼 옛날에는 환인이 다스리는 나라가 있었다고 믿기도 한다. 그렇지만 신화를 해석하는 데는 그밖에도 수많은 가능성이 있으므로, 그중 어느 하나만을 진실이라고 받아들이기는 어렵다.

우리가 생각하는 나라는 갑자기 하루아침에 생겨나지도 않는다. 한 부족들의 사회는 충분히 크고 복잡해지질 뿐만 아니라, 기술도 발전하고 고유한 이름을 얻게 되면서 비로소 국가로 나아가곤 한다.

환웅은 스스로 환웅천왕이라고 했다. 그는 천왕이라는 명칭에 알맞게, 몇몇 부하들의 도움을 받아 사람들을 다스리며 사회, 경제를 지배했다고 한다. 부하들의 이름은 풍백, 우사, 운사라고 했다. 교과서에서는 이들 관리의 이름에 바람, 비, 구름이 들어있으니 풍백, 우사, 운사라는 것은 농경 사회를 나타내는 것이라고 풀이한다.

한편, 농경 사회든 유목 사회든 이를 떠나서 풍백, 우사, 운사라는 관직의 이름에는 신화적 분위기가 잘 남아 있다. 단군 이야기가 굉장히 오래된 것이라면, 거기에 있던 관직 이름은 이런 신화적인 이름이었을지도 모르겠다. 환웅은 하늘에서 왔다고 하니, 스스로가 하늘의 현상들을 부릴 줄 안다고 했을 것이다. 이와 함께 그의 부하들은 비바람과 구름을 다룰 수 있다고 했으리라 여겨진다. 이런 이름을 지어 하늘의 분위기를 내려고 했던 것일까? 훗날의 고조선 관직들인 상, 경, 대부, 장군 등의 직책명과는 계통이 다른 것처럼 느껴지곤 한다.

풍백, 운사, 우사는 환웅을 도와 고조선의 인간의 360여 가지 일을 처리했다고 한다. 물론 환웅이 하늘에 제사를 지낼 때도 이들이 돕곤 했을 것이다.

나중에 중국인들은 고조선을 멸망시키고 난 뒤, 이곳에 낙랑군을 세웠다. 역사서 〈한서〉의 지리지에는, 멸망 후 낙랑군의 지배를 받게 된 고조선 사람들에 관한 역사 기록이 남아 있는데, 이들이 지켜야 했던 법령의 일부가 남아 지금까지도 전해진다.

낙랑군의 옛 고조선 백성들에게는 법으로 금지하는 … 부인들은 정절을 지키고 믿음이 있어 음란한 짓을 하지 않았다.

— 〈한서(漢書)〉 지리지

오늘날은 법령 세 가지만 알려져 있지만, 원래는 여덟 가지의 법이 있었다고 한다. 그런데 여덟 가지였던 법은 나중에 중국에서 사람들이 많이 건너오고, 여러 가지 사회 문제를 일으키곤 하면서 나중에는 60여 개로 늘어났다고 한다.

〈한서〉 지리지에 전해 내려오는 고조선의 법령 8가지는 아마도 고조선이 멸망하고 난 다음 상황을 가리키는 이야기로 보인다. 그런데 환웅은 고조선이 세워지기도 이전 시대의 사람이었다고 한다. 이것만으로는 환웅이 인간 세상에 내려왔다는 시기의 제도를 곧장 알 수는 없다. 환웅이 다스리던 시기에 법령이란 것이 있었는지는 알 수 없으며, 있었더라도 그다지 구체적이지는 않았던 것 같다.

단군 이야기를 읽어 보면, 환웅이 대규모 무리를 이끌고 다른 땅을 정복하여 그곳 사람들을 지배했다는 것을 짐작할 수 있을 뿐이다. 그리고 좀 더 효과적인 지배를 위해 자신을 하늘과 관련짓고는 여러 의례나 제의를 통해 자주 하늘의 분위기를 불러일으키는 한편, 여러 부하를 두고 일상생활의 하나하나까지 신경 쓸 만큼 꽤 철저하게 지배하려 했던 것으로 보인다.

6. 홍익인간은 원래 어떤 뜻이었을까

단군 이야기는 평화로운 이야기라고 한다. 그 근거는 곰과 호랑이가 사람을 잡아먹지도 않았고, 서로 싸우지도 않았다는 것이다. 게다가 이 두 짐승은 사람이 되겠다고 쑥과 마늘을 먹으며 지냈고, 그중에서도 곰은 인간이 되어 지배자인 환웅과 혼인했다.

피비린내 나는 전쟁과 정복, 무자비한 탄압과 저항, 더러운 음모와 배신 같이 끔찍한 이야기가 나오는 다른 신화들과 비교하면 더욱 단군 이야기가 평화롭게 느껴진다고도 한다.

주변 여러 민족이나 나라는 걸핏하면 우리나라에 쳐들어와 살상과 노략질을 일삼곤 했다. 거기에 비하면 우리가 주변 여러 민족이나 나라에 쳐들어간 것은 거의 딱할 만큼 드물게 느껴진다. 다른 나라를 침략할 수 있을 만한 힘을 지녔다는 게 국운이라고 해야 할 지는 모르겠으나, 그 점에서 본다면 우리 나라는 국운이 좋지 않았다.

그러나 우리는 과연 국운 탓만 하는 데 그치지 않고, 우리가 평화를 사랑하는 민족이라는, 스스로 뿌듯하고 기발하다고 느낄 만한 생각을 하기에 이르렀다. 더군다나 이런 생각이 대두되던 시기는 일제의 침략이 본격화되던 시기였다. 그 때문에 악랄한 일본놈들에 비해 한민족의 평화로움이 더욱 부각되었다.

그런 사상은 오늘날까지도 이어지고 있다. 어느 나라도 자신을 침략자라고 매도하려 들진 않을 것이다. 그러나 우리 스스로 평화로운 민족으로 여기는 경향은 다른 나라보다도 강한 점이 있다. 그리고 그 근원을 한민족의 가장 오래된 이야기이자 가장 신성한 이야기기도 한 단군 이야기에서 찾곤 한다. 과연 그것을 뒷받침해 줄 만한 말이 있으니, '홍익인간弘益人間'이었다.

홍익인간이란 말은 언제 나왔을까

환웅은 자꾸 하늘 아래로 내려가서 인간 세상을 구하려고 했다. 아버지인 환인은 아들 환웅의 마음을 알아챘다. 그래서 환인은 삼위 태백을 내려다 봤는데, 거기가 인간을 널리 이롭게 할 만했다. 환인은 환웅에게 천부인 세 개를 주고, 삼위 태백(三危太白)에 가서 인간들을 다스리라고 했다.

— 〈삼국유사〉 고조선(왕검조선)

환인은 자신의 서자였던 환웅이 결코 하늘을 물려받지 못할 것이란 사정을 당연히 누구보다도 잘 알고 있었을 것이다. 하지만 아버지로서는 자식이 불쌍했는지, 대신에 인간 세상을 한번 살펴 내려다보았다. 하늘은 물려줄 순 없어도, 까짓거 인간 세상 정도야 뭐가 문제겠는가.

환웅에게 가서 다스리라고 할 만한 적당한 곳을 알아보던 환인은 삼위 태백이라는 곳을 적당하다고 여긴 듯하다. 그때 환인은 여기가 "널리 인간을 이롭게 할만하다"라고 했다. 그리고 이 말의 한자 표기가 바로 '홍익인간'이었다.

그렇지만 〈삼국유사〉에서는 홍익인간이라는 말이 주는 무게감은 크게 느껴지지 않는다. 그저 단군의 할아버지뻘 되는 환인이 "여기가 좋겠구나" 하고 독백하는 정도로 짧게 언급된다. 그런데 '홍익인간'이란 표현은 〈제왕운기〉에서도 똑같이 나온다.

환인은 환웅에게 말했다. "아래로 내려가서 삼위 태백으로 가서 널리 인

간을 이롭게 하겠느냐?"

— <제왕운기> 하권

〈삼국유사〉와 〈제왕운기〉는 각각 다른 출처를 인용해 단군의 이야기를 실었다. 전체적인 내용은 비슷하지만 크고 작은 차이점들이 있는데, 홍익인간이 언급되는 상황에도 미묘한 변화가 있다. 〈제왕운기〉에서 환웅은 굳이 인간 세상에 가고 싶어하는 티를 내진 않는다. 그래서인지 환인이 굳이 환웅을 위해 마음을 쓰거나 적당한 땅을 알아봐 주는 장면도 없다. 다만 환인이 좀 더 적극적으로 나서서 환웅에게 인간 세상을 다스릴 각오가 있는지를 '홍익인간'이란 표현을 통해 묻고 있다. 마치 신이 어떤 거대한 사명이라도 내려주는 것처럼 느껴진다.

그러나 홍익인간은 더 이상 나오진 않는다. 단군이 고조선을 세울 때 홍익인간의 정신에 따라 세웠다거나 하는 이야기는커녕, 오래 다스렸다고만 할 뿐 어떻게 다스렸는지조차 분명하지 않다.

그럼에도 우리는 〈한국을 빛낸 100명의 위인들〉에서는 "홍익인간 뜻으로 나라 세우니"라고 노래를 불렀을 만큼, 단군이

홍익인간의 뜻으로 고조선을 세웠다고 생각하곤 한다. 한편으로는 건국이념은커녕, 국가라는 관념이 있었을지조차 모를 소박한 시대를 이야기하면서 그때 단군이 "홍익인간을 건국이념으로 삼았다"라고 하기도 한다.

단군과 홍익인간을 어떻게든 연결하려는 것은 어찌 보면 이치에 맞는 말이기도 하다. 단군이 나라를 세우게 되는 배경에는 분명 각각 할아버지와 아버지로 설정된 환인과 환웅이 크게 영향을 미쳤으리라고 여겨진다. 그렇지만 굳이 홍익인간을 단군의 것으로 자리매김하려는 데는, 얼마간의 착각이 아니라면 뭔가 절박한 이유가 느껴지기도 한다.

단군에 관한 기록은 어느 민족과 국가의 시조라는 인물치고는 심각할 만큼 빈약하다. 그러나 없는 기록을 만들어 낼 순 없고, 여기에는 어떻게 한두 줄이라도 더해 주고 싶은 마음이 있었던 것 같다. 그래서 홍익인간을 환인이나 환웅보다는 단군의 대에 이르러 국가 이념이 되었다고 승격시키려 한 것처럼 보이기도 한다.

그리고 홍익인간이 국가이념이 되는 과정에서 원형이 되는 이미지는, 환웅이 '홍익인간'을 그저 무심코 흘러가듯 언급하는 〈삼국유사〉보다는, 엄숙한 분위기가 좀 더 분명하게 드러나는 〈제왕운기〉에서 온 것처럼 여겨진다. 환인이 각오를 묻자 환웅은 여기에 답했고, 그 뒤 하늘에서 인간 세상으로 내려온다.

홍익인간은 어떻게 민주국가의 이념이 되었을까

'홍익인간'은 그다지 주목받는 말은 아니었던 것 같다. 조선 시대까지의 기록에는 '홍익인간'이라는 말은 거의 나오지 않았다. 그런데 일제의 침략을 받으면서 나라가 어려워지자 사람들은 단군을 다시 중요하게 여기게 되었다. 그리고 단군 이야기에 나오는 '홍익인간'이란 말에도 주목하게 되었다.

'홍익인간'이란 말은 제법 좋은 뜻을 지니고 있었다. 사람들은 이것이 고조선이 나라를 세운 정신이라고 이해했다. 그리고 나아가 홍익인간을 한민족의 정신으로 자리매김하였다.

사람들은 일본에게 빼앗긴 나라를 되찾고자 대한민국 임시정부를 세웠다. 나라를 다시 세워야만 하는 것은 한편으로는 절박한 상황이지만, 다른 한편으로는 마치 단군이 새로운 나라를 세우듯이 꿈과 희망으로 가득한 일로 느껴졌을 것이다. 그래서 대한민국 임시정부의 사람들은 자신들이 처한 상황에서 단군이 고조선을 건국하던 것을 떠올렸는지도 모르겠다.

헌법으로 만들려 했던 '건국강령'에서 홍익인간의 정신으로 권력과 부를 골고루 나누는 것이 우리 민족이 지켜야 할 도리라고 했다.

> 우리나라의 건국정신은 … 사회 각층 각급의 지력(智力)과 권력(權力)과 부력(富力)의 향유享有를 균평하게 하여 국가를 진흥하며 태평을 보유(保維)하려 함이니 홍익인간(弘益人間)과 이화세계(理化世界)하자는 우리 민족의 지킬 바 최고(最高) 공리(公理)임.
>
> — <대한민국 건국강령> 제1장 총강

해방 이후 우리나라에서도 교육에 관한 법을 만들 때는 홍익인간의 정신으로 교육이 이뤄져야 한다고 하여, 〈교육기본법〉은 다음과 같이 규정하고 있다.

> 교육은 홍익인간의 이념 아래 모든 국민으로 하여금 인격을 도야(陶冶)하고 자주적 생활능력과 민주시민으로서 필요한 자질을 갖추게 함으로써 인간다운 삶을 영위하게 하고 민주국가의 발전과 인류공영(人類共榮)의 이상을 실현하는 데에 이바지하게 함을 목적으로 한다.
>
> — <교육기본법> 제2조

처음에 단군 이야기에서 삼위 태백이라는 공간을 염두에 두며 나왔던 홍익인간은, 〈대한민국 건국강령〉을 거쳐 〈교육기본법〉에 이르러, 대한민국의 건국이념으로 재해석되었다. 그리고 평등과 국가의 발전, 나아가 세계의 번영을 가리키는 국가의 이상理想으로까지 확장되기에 이른다.

오늘날 홍익인간에서 말하는 '인간'이란 세상의 모든 사람을 가리킨다. 인간 세상은 실제로는 불평등하여 수많은 사람이 괴롭게 살아가고 있다. 그런데 '홍익'이라 하여 모든 사람이 평등하게 행복을 누리며 번영할 수 있다면, 이것이야말로 세상에서 가장 위대한 말이 될 수도 있을 것이다.

물론 '홍익인간'이라는 단어를 재발견한 것은 민주국가를 세우려는 사람들이었다. 그들의 손에 의하여 홍익인간은 비로소 오늘날과 같은 위상을 차지할 수 있게 되었다. 그렇지만 홍익인간이라는 표현이 그 역사가 우리 역사 그 자체라 할 만큼 유구하면서도 여전히 드높은 이상을 표현하고 있어, 오늘날까지도 민주국가는 홍익인간을 재해석할 수는 있지만 이를 대체할 만한 표현을 아직도 제시하지 못했다.

홍익인간은 어떻게 실현되었을까

잠깐 환웅의 입장에서 이 혼인을 바라보자. 단군이 나라를 어떻게 다스렸는지는 구체적으로 나오지 않지만, 환웅이 사람들을 다스리는 이야기는 비교적 자세히 묘사된다. 때문에 단군 이야기에서 홍익인간을 찾으려 한다면, 환웅에게서 찾아볼 수 있다.

환웅은 애초부터 "인간 세상을 구할 뜻이 있었다"라고 하고, 환인 또한 "널리 인간 세상을 이롭게" 하기에 알맞은 곳을 골라 환인을 내려보냈다고 한다. 설령 명분이라고 하더라도, 환인과 환웅은 인간을 위한다는 명분을 공유하고 있었다. 단군이 홍익인간의 정신으로 나라를 세웠다는 이야기는 없었지만, 그가 환인과 환웅을 계승했다면 홍익인간의 정신 또한 계승했다고 할 수 있다.

곰과 호랑이가 환웅에게 찾아왔다는 장면은 환웅이 특별하다는 걸 암시하는 한편, 홍익인간의 정신을 잘 드러내고 있다. 옛날부터 지배자의 덕은 사람에게 미치고도 남음이 있으면 널리 짐승들에게까지도 미쳤다고 한다. 그 점을 고려하면 이 장면은 환웅의 덕을 강조하고자 만들어진 부분으로, 그의 덕이 이미 인간에게 미치고도 남음이 있었다는 것을 의미한다. 또한 '홍익인간'의 공간적 범위가 무척이나 넓었다는 말이기도 하다.

또한 환웅은 곰이었던 여인이 그 누구와도 혼인하지 못하자, 잠시나마 스스로 여인과 결합했다. 임금의 덕이라는 것은 일반 백성들에게는 좀처럼 잘 와닿지 않는, 동떨어진 이야기로 느껴지기 쉽다. 환웅이 잠시 곰이었던 여인과 혼인했다는 것은, 일반 백성들에게 더욱 분명하고도 실감나게 보여주는 것이기도 했다. 동시에 '홍익인간'은 일시적인 것이 아닌, 곰이 사람이 되고 난 뒤에도 미칠 만큼 지속적이었다는 것이기도 하다.

홍익인간이란 말은 원래는 처음에 다스리려던 인간 세상, 곧 삼위 태백을 염두에 두고 만들어진 표현이었다. 그러나 그것이 점차 확대되어 곰에게 미치고, 곰이 여인이 되고 나서도 미치고 있다.

고대의 수많은 지배자에게는 안으로는 병들고 돌봐줄 사람이 없는 자들을 구해주는 것이 중요한 사업이었다. 한편 바깥으로는 사납고 거친 부족들을 다스리고, 때론 벌하거나 때론 보듬으며 자기가 위대한 사람이란 걸 보여 주려 했다. 이것이 점점 발전하여 나중에는 온 세상, 천하를 덕으로 다스린다는

생각으로까지 커지게 되었다. 이러한 관념의 원시적인 형태가
바로 '홍익인간'이었을지도 모른다.

'홍익인간'에는 어떤 의도가 있었을까

그러나 홍익인간이 원래부터 이렇게 거대한 이상이었을까?

단군 이야기에서 말하는 홍익인간에는 잘 들여다보면 두 개
의 세계가 들어 있다. 하늘의 세계, 그리고 그것과는 구별되는
인간의 세계이다. 하늘의 세계는 환인과 환웅이 살고 있던 곳
으로, 자신들의 세계인데, 인간의 세계는 그와는 또 다른 세계
이다. 환웅이 이미 삼위 태백으로 내려가기 전부터 이미 그곳
에 사람들이 살고 있었던 것으로 여겨진다. 이것은 홍익인간
에서 '인간'으로 표현된다.

그런데 환인은 여기에 환웅을 내려보내며 인간을 이롭게 하
겠다고 한다. 환웅이 도착하기 전의 삼위 태백의 사람들은 어
떻게 살았는지는 나와 있지 않다. 그들만의 평화로운 낙원에
서 살고 있었는지, 아니면 서로 전쟁을 벌여 죽고 죽이거나,
질병과 굶주림으로 고통받고 있었는지는 알 수 없다. 다만,
외부로부터 온 환웅이 그곳을 지배하게 되었다는 점에서 보
면, 그들의 힘은 결코 강하지 않았다는 점만 짐작할 수 있다.

그리고 환웅이 도착한 뒤 세상이 어떻게 변했는지를 통해, 원래 사회의 모습을 미루어 짐작할 수 있을 뿐이다.

환웅은 풍백, 우사, 운사를 거느리고 곡식, 생명, 질병, 형벌, 선악 등 다해서 인간의 360여 가지 일을 맡아서 세상을 다스리고 있었다.
— <삼국유사> 고조선(왕검조선)

군이 환웅이 부하들을 거느리고 여러 가지 일을 맡아 처리했다고 언급한 것을 보면, 사회가 한층 더 복잡해진 듯이 묘사된다. 이것은 통치 기구가 정비되는 과정을 나타내는 것으로 보이며, 나중엔 고조선이 만들어지는 데도 영향을 미쳤을 것이다. 그리고 아마도 환웅이 도착하기 전에는 좀 더 원시적인 사회가 있었을 것이다. 환웅의 덕택에 사회의 질서가 자리 잡혔다고 하여, 이것은 홍익인간에서 '홍익'을 가리킨다.

그러나 홍익인간에는 하늘을 떠난 환웅이 인간 세상을 다스려야 비로소 이롭게 되리라는 신념이 들어있다. 그리고 이 말은 수많은 정복자가 스스로 정당화하고자 내세운 구호이기도 했다. 다른 땅을 공격해 그곳에 사는 사람들을 지배하려는 이들은, 좀처럼 자신들이 정복하러 왔다고 하진 않는다. 그 대신 덕을 멀리까지 미치고, 교화로 무지를 바로잡으며, 폭정에서 사람들을 구하겠다고 즐겨 이야기하곤 한다.

덕화와 정복이 의미하는 바는 서로 다르다. 그렇지만 덕화가 한순간에 정복이 될 수도 있고, 정복이 덕화라는 이름으로 행해질 수도 있다. 그 바탕에 흐르는 정신이나 행동은 결국에는 같은 것을 가리키고 있으며, 통치로 통한다. 광개토왕비에는 다음과 같은 구절이 있다.

> 왕의 은택은 하늘에 닿았고, 위무는 사해에 떨쳤다. … 백성들은 저마다 편안히 생업에 힘쓰게 되었다. 나라는 풍요롭고 백성은 넉넉해졌으며 오곡은 풍성하게 익었다.
>
> ― <광개토왕비문>

이를 위해 기존의 사회는 뭔가 모자라거나 어긋난 것이 되어야 하고, 구제를 위해 외부의 도움을 받아야만 한다. 인간들을 널리 이롭게 한다는 게, 반드시 사람들의 괴로움을 덜고 즐거움을 더하겠다는 것은 아니며, 그 반대가 될 수도 있다. 마냥 고통받는 세상에 가서 그들을 구해내겠다는 희생정신만을 이야기하는 것만은 아닌 듯하다.

여기에는 분명 상대를 은근히 내려보는 듯한 태도가 들어 있다. 한편 그것을 이유로 다른 사람들을 지배하려 들고, 그들의 생활공간을 탐내는 듯한 긴장감 도는 분위기가 불안하게 흐르고 있다. 홍익인간이란 과연 무엇을 가리키는 것이었을까?

7. 단군 이야기의 주인공은 누구였을까

오늘날 남아 있는 단군 이야기 중에서도 좀 더 오래된 것은 일연의 설화집 〈삼국유사〉, 이승휴의 서사시 〈제왕운기〉 등에 실려 있다. 그 이야기는 다음과 같다.

하늘을 다스리는 환인에게는 환웅이라는 아들이 있었다. 환웅은 자꾸 인간 세상을 다스리고 싶어했다. 그래서 환인은 환웅을 인간 세상에 내려보냈다. 환웅이 인간 세상을 다스리던 중, 굴속에 살던 곰이 인간이 되고 싶다고 했다. 곰은 여인이 되어 굴에서 나왔고, 잠시 나타난 환인과 혼인하여 단군왕검을 낳았다. 그리고 단군왕검은 고조선을 세워 오랫동안 다스렸다는 것이다.

이 이야기에 따르면 고조선을 세운 사람이 단군왕검이라고 한다. 우리 역사에서는 고조선이 첫 나라였으니, 단군은 첫 나라를 세운 큰 위업을 이뤘다는 사람이다. 그래서인지 이 이야기는 주로 단군 이야기, 단군 신화라고 불린다. 교과서에서는 고조선의 건국 이야기라고 쓰여 있기도 했다. 그렇지만 지금까진 너무 당연하게 단군 이야기라고 불러왔다. 아무래도 다른 이름으로 부른다는 건 어색하게 느껴질 정도다.

단군은 오랫동안 고조선을 다스리고, 오래 살기까지 했다고 한다. 이야기는 다른 사람들이 몇 살까지 살았는지는 별로 관심이 없는 듯하다. 그러나 단군은 고조선을 다스린 것이 1,500년 동안이고, 임금 자리에서 물러난 뒤에는 산신령으로 살았는데 자그마치 1,908세까지 살았다고 한다. 아무리 인간의 생명이 아무리 늘어난다고 해도 누구도 이만큼 오랫동안 살아볼 수는 없을 것이다. 그 정도라면 고조선의 모든 사람은 물론 그들의 머나먼 후손들까지 모두 다 다스려봐서, 그 선조들이 태어나는 순간과 그 후손들이 죽어가는 모습을 모두 지켜봤다고 할 수 있지 않을까?

그런데 단군 이야기라고 하기에는 단군은 너무도 잠깐 등장할 뿐이다. 1,500년을 다스리고 1,908세까지 살았다면서도 나오는 분량이 너무 적다. 고조선을 세운 것을 빼면 한 일도 그다지 많지 않다. 물론 나라를 세운 것은 대단한 일이다. 옛날은 물론 지금도 일생에 나라를 세워 본 사람이 얼마나 될까 생각하면 더욱더 그렇다. 하지만 이른 나이에 고조선을 세우고 온 힘을 다 써버린 듯, 그 뒤로는 하지만 주인공치고는 거의 활동이 없는 편이다. 단군 이야기에서 꼭 주인공을 찾아야 할 필요는 없다. 그렇지만 정말로 단군이 주인공일까. 단군 말고도 어떤 주인공들이 있는지 살펴보자. 그러고도 단군이 주인공이라면, 왜 그런지 생각해보자.

누가 단군 이야기를 이끌었을까

다시 이야기를 두 장면씩 엮어 초반부, 중반부, 그리고 후반부로 나눌 수도 있다.

이야기 초반부는 환웅이 이끌어간다.

하늘에 살던 환웅은 인간 세상을 다스리길 원했다. 그리하여 환인으로부터 천부인을 받고, 삼천 무리를 이끌고 하늘 아래의 삼위 태백으로 내려왔다. 그는 신단수 나무 아래의 신시에 자리잡고 인간들의 360여 가지 일을 다스렸다. 이렇게 보면 단군보다도 환웅이 더 크고 많은 일을 한 것처럼 보인다. 그렇기 때문에 환웅 이야기라고 불러도 이상하지 않을 것 같다.

이야기 중반부부터는 환웅 못지않게 중요한 동물이 나오는데, 이 동물은 나중에 인간이 되기도 한다. 동굴 속에 살던 곰은 인간이 되고 싶어했다. 환웅이 하지 말란 것들을 지키면 사람으로 만들어 준다고 하자 곰은 잘 지켜서 여인이 되었다. 그 다음에는 혼인하게 해 달라고 빌자 환웅이 직접 나서서 잠깐 혼인을 해주기도 했다. 그렇게 해서 단군이 태어났다. 그러나 호랑이는 환웅의 말을 듣지 않아 주인공이 될 기회를 놓치는 것은 물론, 다시는 등장하지 못했다.

이렇게 곰이 여인이 되고, 또 혼인하게 해달라고 하는 등 적극적으로 살아간 것이, 나중에는 단군을 낳고, 그 단군이 고조선을 세운 것으로 이어졌다. 비록 환인, 환웅, 단군 같은 엄청난 인물들이 나오는 이야기이지만 곰도 주인공이라고 부를 만하다.

단군은 후반부에서야 등장한다. 그리고 나라를 세웠다가 한참 뒤에 물러나 최후를 맞이한다. 전반부의 첫 두 장면은 환웅, 중반부의 두 장면은 곰 또는 여인, 후반부의 마지막 두 장면은 단군이 주인공이다. 셋 모두를 주인공으로도 볼 수 있을 것이다. 그러나 환웅이나 웅녀에 비하면, 이야기 안에서는 너무도 존재감이 부족하다.

단군 이야기에는 어떤 특징이 있을까

그러나 단군 이야기를 자꾸 읽다 보면, 이 이야기는 누구한
테 온갖 초점을 맞추고 있는지를 살펴볼 수 있다.

먼저 단군 이야기는 환인보다는 환웅에게 집중하고 있다.
환인의 아들 환웅이 하늘의 세계에서 내려오면서부터는 환인
과 하늘의 세계 이야기는 끝나버린다. 그리고는 환웅이 인간
의 세계를 다스리는 이야기만 나온다. 그리고는 잠깐 곰이 사
는 짐승의 세계로 바뀌었다가, 곰이 여인이 되고 인간 세상으
로 나와 환웅과 혼인하여 단군왕검이 태어난다.

환웅은 단군의 아버지, 그리고 곰에서 사람이 된 여인은 단
군의 어머니이다. 그런데 환웅, 곰에서 사람이 된 여인의 삶은
마치 그 모든 게 결국에는 단군을 낳기 위한 것처럼 그려진다.

단군이 태어나자 환웅은 물론, 곰에서 사람이 된 여인도 마
치 할 일을 다했다는 듯, 더 이상 한 번도 나오지 않는다. 심
지어 환웅이나 여인이 나중에 언제 죽었다는 설명도 없다. 그
뒤로는 오로지 단군의 이야기만 나온다. 단군이 태어나서 나
라를 세웠다가 물러나 산신령이 되었다고 할 때까지, 단군의

이야기로 시작되어 단군의 이야기로 끝난다.

원래 여러 옛 이야기에서는 부모와 자식 사이에서 일어나는 일들이 중요하게 다뤄진다. 그렇지만 이 이야기에서는 부모인 환웅과 여인은 아들이 태어나자마자 싹 사라져버린다. 이는 자식인 단군이 스스로 새로운 세상을 만든 듯이 여겨지게 한다. 아무래도 단군 이야기는 결코 평범한 이야기가 아니라는 생각이 든다.

단군 이야기는 역사책에서 왕들의 이야기를 쓰는 방식으로 쓰여졌다. 왕이 처음에 자리에 오를 때를 즉위년 또는 원년으로 삼아, 그가 다스린 2년째, 3년째…, 이렇게 순서대로 기록한다. 그러다가 나중에 왕이 죽거나 다른 사람에게 왕위를 물려줄 때가 되면 기록은 거기서 멈추고, 하나의 긴 이야기가 끝난다. 그 다음에는 새로운 왕의 이야기가 이어진다. 역시 처음 왕 자리에 오를 때 시작해서 얼마 동안 다스리다가, 죽거나 왕의 자리를 물려 주면 그의 이야기도 끝나고, 또 다른 왕의 이야기가 시작되는 것이다. 다스리는 왕이 바뀔 때 그 앞의 왕 이야기도 끝나는 것이다.

단군 이야기도 이와 같은 방식으로 쓰여졌다. 환인이 다스리는 이야기가 끝나면 환웅이 다스리는 이야기가 나오고, 그

다음에는 단군이 다스리는 이야기가 시작된다. 단군 이야기는, 그때 나라를 다스렸다고 하는 사람에게 집중해서 쓰여졌고, 마지막으로는 단군에 집중해서 쓰여졌다. 이것은 물론 단군 이야기가 들어 있는 〈삼국유사〉의 전반과 〈제왕운기〉 등이 역사를 다룬 글이기 때문이기도 하므로, 그 일부분인 단군 이야기 또한 자연스레 그러한 방식으로 쓰여졌던 것으로 보인다. 그렇지만 〈삼국유사〉나 〈제왕운기〉 그 어느 쪽이든 단군을 우리 역사의 가장 앞에 두었던 만큼 그 저자들은 오히려 단군 이야기를 의식하면서 나머지 모든 부분을 썼다고 여겨지기도 한다.

단군 이야기에서는 모든 사람들과 동물들의 이야기가 단군으로 모여 끝난다. 마치 모든 이야기는 단군이라고 하는 한 사람을 위해 쓰여진 것처럼 생각된다. 그러나 단군은 한편으로는 고조선이 세워진 뒤에 생겨난 모든 것들의 시작이라고 한다. 그렇게 모든 것들이 모여 단군이 되었다고 하고, 단군으로부터 모든 것이 나왔다는 이야기가 만들어진다.

8. 곰과 호랑이의 정체는

오산리에서 발굴된 곰 모양 토우(신석기 시대), ⓒ문화재청

환웅이 인간 세상을 다스리고 있을 때, 굴속에 호랑이와 곰이 살고 있었다고 한다. 여기서부터는 짐승들의 세상이다.

이때 곰 한 마리와 호랑이 한 마리가 같은 동굴에서 살고 있었다.

— <삼국유사> 고조선(왕검조선)

부여와 고구려에 전해졌던 동명왕 이야기에서는 사람들이 동명왕을 죽이려고 하자 짐승들이 구해 주는 이야기가 나온다. 동명은 태어나자마자 버려졌는데 짐승들이 지켜주었다. 덕분에 동명은 무사히 자라나서 활을 잘 쏘기로 이름이 났다. 그런데 동명이 너무 용감해서 그 나라 왕은 동명을 죽여버리려고 했다. 동명은 도망쳤는데 강물에 막혀 나아가지 못하고 있었다. 그때 물고기와 자라가 모여들어 다리를 만들어주었고, 동명은 무사히 도망쳤다고 한다. 이렇게 신화에서는 동물들이 사람 말을 알아듣거나 사람처럼 행동하는 이야기들이 나오곤 하는데, 때론 이야기에서 중요한 역할을 하기도 한다. 단군 이야기에 나오는 호랑이와 곰도 환웅의 말을 알아듣고, 그중에서 곰은 진짜 사람이 되기도 한다. 그런데 수많은 동물 중에, 왜 곰과 호랑이가 나왔을까?

왜 곰과 호랑이가 나왔을까

단군 이야기가 만들어질 무렵, 한반도의 북부 지역을 비롯해 동아시아 곳곳에 살던 사람들은 종종 곰과 호랑이를 볼 수 있었을 것이다. 오래된 호랑이 뼈가 곳곳에서 발견되는가 하면, 울산에 있는 반구대의 바위 그림이나 고구려의 옛 무덤 벽화와 같은 유적에 호랑이를 그린 그림을 볼 수 있다. 백제의 금동 대향로의 조각 일부분, 신라 사람들이 빚은 흙인형처럼 작은 유물 중에도 호랑이의 모습이 있다.

중국의 기록에서는 '단군'이라는 이름은 찾을 수 없지만, 몇몇 기록에서 일찍부터 '조선'이라는 이름을 찾을 수 있었다. 그

중 춘추전국(기원전 771~기원전 221) 때에 제나라의 관중(?~기원전 645)이 스스로 지었다고 하는 '관자'가 있다. 여기에 '발조선'이라는 나라가 나오는데, 발조선은 고조선을 가리키는 것이라 보기도 한다.

발조선에서는 범의 가죽인 문피文皮가 많이 나왔다고 한다. 문피는 호랑이의 가죽을 가리키기도 한다. 단군의 이야기에는 호랑이가 등장하는데, 고조선 사회에서는 호랑이를 보는 것이 어렵지 않았을 것이다. 고조선만이 아니라, 그 뒤에도 오랫동안 호랑이는 어디에나 있었다.

호랑이는 한반도의 역사와 함께했다. 일연이나 이승휴가 단군 이야기를 정리하던 고려 시대는 물론, 그 뒤에도 호랑이는 사람들이 사는 데까지 내려오곤 했다. 사람들은 호랑이가 내려오는 걸 심각하게 생각했다. 그래서 역사책에도 호랑이가 거리에 나타났다고 기록하곤 했다. 그런데 이런 기록들이 많이 있다. 그만큼 호랑이가 자주 나타났다는 것을 의미한다.

호랑이는 일제강점기 때까지만 해도 전국에 살고 있었는데, 이제는 한반도에서는 멸종해버렸다고 한다. 동물원에 가면 시들시들한 호랑이들을 많이 볼 수 있다. 그렇지만 아직도 깊은 산속 어딘가에 호랑이가 살고 있을 거라고 생각하는 사람들이 있다.

호랑이는 사라졌지만, 지금도 곰은 가끔씩 산에서 내려와 사람들이 사는 곳까지 찾아오기도 한다. 곰 뼈는 물론이고, 강원도 오산리에서 신석기 시대의 곰처럼 생긴 흙인형이 나오는가 하면, 고조선이 멸망한 뒤에 세워진 낙랑의 유물에도 금속이나 돌로 만든 곰들이 많이 발견되고 있다.

사람들은 일상에서도 곰과 호랑이 이야기를 많이 하곤 했다. 곰을 뜻하는 한자 '웅熊'은 수많은 땅 이름으로 쓰이며 오늘날까지 전해지고, 〈삼국유사〉에도 호랑이와 곰의 전설이 많이 남아 있다.

곰과 호랑이는 산에 많이 산다. 그러고 보면 단군 이야기에는 태백산, 백악산 등 산 이름이 자주 나온다. 환웅이 내려왔다는 신시라든지, 단군이 도읍을 세웠다는 아사달도 산에 있었다고 한다. 부여나 고구려 사람들도 처음에는 산꼭대기에 도읍을 세우곤 했다. 여기 살았던 사람들은 산 아래에서 살았던 사람들보다도 곰과 호랑이를 더 많이 볼 수 있었을 것이다. 이들은 평소에도 곰과 호랑이를 생각하고 모여서 곰과 호랑이 이야기를 나눴을 것이다. 그리고 그런 생각이나 이야기들은 단군 이야기에도 들어갔을 것이다. 그만큼 자주 볼 수 있는 것이라서 자주 생각하고, 신화에도 등장시켰던 것으로 보인다. 단군 이야기에는 악어나 재규어, 낙타나 펭귄이 나오지 않는 것과 같은 이유일 것이다.

단군 이야기에 안 나온 동물들도 있으니, 비교해보는 것도 좋겠다. 단군이 세웠다는 고조선보다 나중에 세워진 나라들, 부여, 고구려, 신라 같은 나라들의 신화에는 말이 자주 나온다. 말은 집짐승 중에서도 기르기도 까다롭고 타고 다니기도 위험한 동물이다. 그래서 사람들이 말에 익숙해지지 않아, 말을 타고 싸우는 기병이 생겨난 것도 꽤 늦어졌다. 윷놀이에서도 말을 뜻하는 '모'가 나왔을 때 가장 멀리 갈 수 있는데, 이것은 그만큼 말이 날쌔기도 하지만 말타기가 어렵고 대단하게 여겨진 것이라고 볼 수도 있을 것이다.

그런데 단군 이야기에서는 왜 말이 나오지 않았을까? 단군 이야기는 사람들이 아직 말에 익숙하지 않던 옛날에 만들었다고 볼 수도 있다. 아니면 사람들이 말보다도 호랑이나 곰 생각을 더 많이 하거나 이야기해서, 그것도 아니면 정말 우연일지도 모른다. 아무튼 단군 이야기에 나오는 곰과 호랑이는 말 그대로 그냥 짐승이라고도 볼 수 있다.

곰과 호랑이는 누구였을까

그렇지만 곰과 호랑이가 마치 사람처럼 행동하고, 또 곰은 진짜 사람이 되는 걸 그대로 믿을 수는 없을 것이다. 그래서 사람들은 신화에서 사람처럼 행동하는 동물들의 이야기가 원래는 사람의 이야기였을 것이라고 생각했다. 이야기의 동물들을 사람이라고 생각해보면 제법 말이 되는 경우가 많다.

좀 더 그럴듯한 이야기는 곰과 호랑이는 그냥 사람이 아니라, 곰과 호랑이를 신으로 섬기는 부족이었다는 것이다. 여러 부족이나 나라들은 동물들을 신으로 섬기곤 했다. 동물들은 인간이 알 수 없는 것들로 여겨지곤 했고, 알 수 없는 것들 또 신비하게 느껴지기도 했다.

몽골 부족의 신화에서는 푸른 늑대와 흰 사슴이 결합하여 사람이 태어나고 부족이 생겨났다고 한다. 신화에서는 동물들끼리 합쳐지는 것만으로도 사람을 낳을 수 있는 것이다. 또, 오늘날 강원도 동쪽에 있었던 동예에서는 여러 부족이 호랑이를 신으로 섬기기도 했다. 이렇게 보면 신화 속 짐승을 그냥 사람이었다고 설명하는 것보다도 훨씬 믿을 만하다. 역사 교과서에서도 이렇게 설명되어 있다.

그렇게 단군 이야기에 나오는 곰과 호랑이도 동물이 아니라, 원래 그 땅에 살고 있었던 부족들이라고 봤다. 이 부족 중에는 곰을 섬기는 부족도 있었고, 호랑이를 섬기는 부족도 있었을 것인데, 신화가 뒷사람들에게 전해지다 나중에는 그냥 곰, 호랑이로 전해졌을 것이다.

단군 이야기를 쓴 사람들은 물론, 그보다 옛날 사람들도 마찬가지로 호랑이나 곰을 무서워했을 것이다. 호랑이와 곰 전설은 대부분이 사람을 해치는 내용인데, 실제로도 호랑이와 곰은 사람들을 습격하곤 했다.

그래서 두 짐승 중 하나라도 잡은 사람은 용맹하다고 인정을 받았다. 사람들은 특히 호랑이가 사람을 해치는 '호환'을 크게 두려워했다. 그래서 조선 시대가 되면 호랑이를 잡는 군사들이 따로 있을 정도였다.

한편으로 사람들은 호랑이나 곰의 힘을 빌려 악귀나 적을 물리치려고 했다. 고대 중국에서 악귀를 쫓는 귀신인 방상씨方相氏는 곰의 가죽을 뒤집어쓰고 나타나며, 신라에서는 곰이나 호랑이의 가죽이나 꼬리로 군대의 깃발 꼭대기를 장식하기도 했다. 그런 깃발을 들고 다니면서 무섭게 보이려고 한 것이리라 보인다. 조선 시대에는 호랑이를 잡기도 했지만, 한편으로는 무관들의 관복 가슴과 등쪽에 호랑이를 새기기도 했다. 사람들은 호랑이와 곰을 힘이 셌고, 신비한 힘을 지녔다고 생각했기 때문에 신으로 섬긴 것 같다.

단군 이야기가 생겨날 무렵은 물론, 오랜 시간이 지난 오늘날까지도 곰과 호랑이는 동아시아 세계는 물론, 지구에서 가장 사나운 짐승 중 하나였다. 옛 부족들이나 나라들은 거의 사라져버렸지만, 군대나 스포츠 클럽 등에서 곰이나 호랑이를 많이 쓰고 있다.

이렇게 옛날부터 자기들을 나타내는 데 곰이나 호랑이를 쓰기도 했던 것처럼, 단군 이야기의 곰과 호랑이도 어느 부족 사람들이라고 생각할 수 있다.

곰과 호랑이 이야기는 어떻게 생겨났을까

신화는 오랜 기간에 걸쳐 만들어지고, 그 오랫동안 원래 없던 이야기가 생겨나고, 있던 이야기도 바뀌는 일들이 일어나곤 한다.

단군 이야기에는 곰과 호랑이는 마치 조연처럼 등장하고 있다. 그러나 단군 이야기가 처음부터 하나의 완결된 이야기가 아니라, 여러 신화가 결합한 것이라면, 곰과 호랑이를 중심으로 하는 신화가 따로 있지 않았을까?

현재까지 남아 있는 단군 이야기를 보면, 이걸 쓴 단군이나 그 조상들을 높이려고 쓴 것처럼 보인다. 그러기 위해서 사람이 아닌 짐승까지도 환웅을 따랐다고 한 것으로 보인다. 그렇게 하면 사람들이 단군이나 환웅을 더 대단한 사람으로 생각할 것이라고 기대했을 것이다.

실제로 짐승들이 환웅을 따랐다는 말이라기보단, "심지어 짐승까지도 환웅을 따랐다"라고 믿고 싶었던, 단군 이야기를 쓴 사람들의 바람이나 욕망이 있었다고 볼 수 있다.

다른 사람이 자기를 따르게 하는 것만큼이나, 짐승이 자기를 따르게 하는 것은 그때나 지금이나 대단한 일이었다. 특히나 사나운 짐승한테 말을 잘 듣게 하는 것은 신기한 일이었다. 그래서 단군의 이야기를 정리할 때, 여기 나오는 짐승들은 평소에도 자주 볼 수 있으면서도, 이왕이면 사납고 무서운 호랑이나 곰이 되었을 것이다.

그런데 단군 이야기에서는 인간들의 세상을 이야기하다 갑자기 짐승들의 세상을 이야기한다는 것이 특이하다. 물론, 한 이야기 안에서 인간 세상, 짐승 세상이 모두 나올 수도 있다. 단군 이야기에서는 두 짐승이 인간이 되고 싶다고 환웅에게 빌었다. 그러면서 인간 세상의 이야기와 짐승 세상의 이야기가 자연스럽게 연결되고 있다.

그렇지만 단군 이야기는 원래는 하나의 이야기가 아니었던 것 같다. 원래는 인간 세상의 이야기가 따로 있었고, 짐승들의 이야기가 따로 있었는데, 이 둘이 하나로 합쳐진 듯하다.

옛이야기라고 한번에 만들어지는 것도 아니고, 한번 만들어지면 그걸로 끝나버리는 것도 아니다. 어떤 이야기들은 다 못 만든 채로 나오기도 한다. 또 원래 있던 이야기 중에서 일부분이 사라져버리기도 한다. 그래서 원래는 상관없던 이야기들이 하나의 이야기로 합쳐지기도 하고, 한 이야기였던 것이 여러 개로 쪼개지기도 한다.

〈삼국유사〉의 단군 이야기는 여러 기록에 있던 단군 이야기들을 각각 한데 모은 것이다. 그렇지만 단군 이야기가 아주 오래된 이야기라면, 여기에 모은 각각의 단군 이야기도 애초부터 여러 이야기가 합쳐진 것일 수도 있다. 마찬가지로 원래는 단군 이야기와는 별개로 있었던 곰이나 호랑이 같은 짐승들의 이야기였던 게, 단군 이야기로 합쳐졌다고 볼 수도 있겠다.

처음에는 곰과 호랑이가 말을 잘 듣는다는 얘기가 덧붙여졌다가, 이것이 좀 더 자세하게 바뀌었을지도 모른다. 곰과 호랑이가 사람이 되려고 했다, 곰이 여인이 되었다는 이야기들이 덧붙여졌다고 생각해볼 수도 있다.

곰과 호랑이는 과연 있었을까

그러나 한편으로는 곰이나 호랑이 같은 건 애초에 없었을지도 모른다. 신화의 모든 이야기가 사실을 바탕으로 했다고는 생각하기 어렵다.

곰과 호랑이 둘 다 무시무시한 짐승들이다. 그러면 이야기에도 진짜 곰과 호랑이가 등장하거나, 여러 부족 중에서도 곰이나 호랑이를 섬기는 부족들도 실제로 있었을 것 같다. 하지만 신화가 항상 있는 그대로 보여주지만은 않는 걸 생각하면, 반드시 곰이나 호랑이만은 아니란 생각도 든다.

옛날부터 사나운 사람을 얘기할 땐 '호랑이 같다'라고 하곤 했다. 일연은 삼국유사를 쓸 때 편지 한 통을 옮겨 썼다. 고려의 태조 왕건이 후백제의 견훤에게 보낸 편지였다. 이 편지에서 왕건은 "벌이나 전갈같이 독으로 백성들의 목숨을 해치고, 이리나 호랑이처럼 날뛰어 수도를 어지럽힌다"라며 견훤을 나무라고 있다.

견훤은 호랑이가 젖을 물어 키웠다는 전설도 있을 만큼, 호랑이도 인연이 없진 않지만, 여기서 '호랑이'란 말은 전설과는 상관없이 '나쁜 놈'이란 뜻으로 쓰이는 것 같다.

이런 말을 한 사람에게만 쓴 것은 아니다. 여러 나라는 다른 부족들을 짐승이라고 하곤 했다. 사나운 짐승들을 두려워하듯 다른 부족을 두려워하고, 때로는 미워하거나 얕잡아 보기도 했다. 어떤 사람들은 종종 짐승처럼 여겨지곤 했다. 예를 들면 이런 것이다. 호랑이나 곰을 섬기진 않지만, 다른 부족 사람들이 보기엔 호랑이처럼 사나운 부족, 곰처럼 사나운 부족이 있었던 것 같다. 물론 좋은 뜻은 아니었을 것이다.

호랑이나 곰과는 별로 상관이 없는, 그렇지만 사나운 다른 부족들을 호랑이 같은 놈들, 곰 같은 놈들이라고 부르던 것이, 시간이 흐르며 어느샌가 호랑이, 곰이라 불리게 된 것일지도 모른다. 이런 습관은, 주변 민족 사람들을 야만인이나 짐승이라고 부르는 말에도 남아 있다. 이런 사나운 짐승들을 굴복시켰다는 이야기도 하나쯤은 필요하지 않았을까?

9. 곰과 호랑이가 살던 동굴은 어디였을까

공주 장선리에서 발굴된 움집 터(초기 삼국 시대), ⓒ문화재청

호랑이와 곰은 굴속에서 지내는 동물이다. 〈삼국유사〉의 단
군 이야기에서 두 짐승이 굴속에서 사는 것으로 설정된 것은
물론 그들이 곰과 호랑이였기 때문일 것이다. 그밖의 여러 이
야기에서도 호랑이와 곰은 굴속에서 살았다. 그렇지만 굴속이
그저 호랑이와 곰이 살았다는 상상의 공간이 아닌, 실제 있었
던 곳을 가리켰을 수도 있지 않을까?

맹수들조차 굴속에 거처를 마련하는 걸 보면, 굴속은 자연
속의 여러 공간 중에서는 의외로 살 만한 곳이었던 것으로 보
인다. 굴속은 선사 시대 인간의 흔적을 발견할 수 있는 곳 중
하나였다. 다른 곳으로 이동하며 생활하곤 했지만, 그것은 이
동굴에서 저 동굴로 옮겨가는 것과 같은 생활이었으리라 여

겨진다. 그러다 인간이 굳이 동굴을 떠난 것은 굴속 생활이 힘들어서라기보단, 언젠가 그 근처에서는 더 이상 먹을 것을 찾을 수 없었기에 바깥으로 나갔고, 먹을 것이 충분히 있는 곳을 찾았을 땐 이미 동굴은 너무 멀어졌기 때문으로 보인다.

인간은 언제 동굴 바깥으로 나왔을까

이즈음 인간은 바깥에서도 동굴과 같은 공간을 마련해야 했다. 가장 원시적인 형태의 집은 막집이었다. 이곳은 흔히 어두운 입구가 있었고, 안에 들어가면 비교적 넓은 공간이 있는 것으로 묘사되곤 한다. 굴속만큼은 아니지만, 바깥에서 인간이 만든 것 중에서는 가장 굴속에 가까운 공간이었다. 동굴이야말로 오랫동안 인간에게 가장 익숙한 거주 공간이었고, 인간은 익숙한 것을 모방하려 한다는 특성을 고려한다면, 아마도 최초로 만든 집들의 형상은 동굴의 모습을 모사했거나 아니면 바깥에 세운 동굴 그 자체였던 것 같다.

이때의 막집이란 오늘날의 텐트와 같은 것으로, 땅 위에 짓고 살다가 먹을 것이 떨어지면 다른 곳으로 떠나 새 막집을 짓곤 했던 것으로 보인다. 그러다 언젠가는 일 년 내내 고기잡이를 할 수 있거나, 농사를 짓고 짐승을 길들여 기르는 등

생활 방식에 큰 변화가 일어나면서, 끊임없이 떠나고 옮겨 다니지 않아도 될 만큼 꾸준히 식량을 얻을 수 있게 되었을 것이다. 특히나 농사를 짓는 인간은 머물러 살면 살수록 식량을 구하는 데 유리해지다 보니 점점 다른 곳으로 떠날 필요가 없어져, 이때부터 점차 머물러 지내게 되었다.

그때는 신석기 시대 무렵이었다고 한다. 사람들은 움집을 만들었다고 한다. 움집은 막집보다도 더 애써서 만들곤 했는데, 추위를 피할 수 있게 깊이 땅을 파서 집터를 만들고는 그 위를 덮고 살았다. 겉보기에는 이전 시대의 주거와 크게 달라 보이진 않았을 것이지만, 여전히 집은 동굴의 형상을 하고 있으며, 깊이 구덩이를 파고 살다 보니 더더욱 동굴에 가까운 모습이 되었던 것 같다.

인간은 처음에 움집에 들어왔을 때만 해도 크게 불편하리라곤 생각하지 않았을 것이다. 그런데 움집 생활은 절반 정도는 땅속 생활이다. 시간이 지나자 사람들은 점점 움집 생활을 불편하게 느끼기도 했을 것이다. 비가 많이 온다든지 할 때는 집이 금방 물에 잠겨버리는 문제도 생겨난다.

무엇보다도 움집은 충분히 따뜻하진 않았던 것 같다. 그동안 사람들이 땅을 깊이 파서 집을 만들었던 것은 추워서 그런 것으로 보이는데, 이것만으로는 부족하다고 느껴 난방의 필요성도 점점 더 커졌을 것이다. 집을 좀 더 따뜻한 재료와 기법으로 만들 수 있게 되고, 불을 때는 기술도 점점 발달하여 나중에는 온돌과 비슷한 것들이 등장하기에 이르렀다.

그러자 집을 만들 때는 옛날만큼 땅을 깊이 파지 않아도 되었다. 인류는 이때쯤 서서히 땅 위로 올라와야겠다는 생각을 했을 것이다. 한때는 동굴 같았던 집터의 깊이는 점점 얕아졌고, 나중에는 땅 위에 집을 짓고 살게 되었다. 땅속으로 들어갔던 사람들이 위로 올라오게 된 것이고, 굴속에서 지내던 사람들이 바깥으로 나오게 된 것이다. 그리고 집은 점차 동굴의 형상으로부터 멀어졌다.

굴속에는 누가 살았을까

그렇지만 사람들의 생활이란 단번에 바뀌는 것은 아니다. 그리고 시대의 발전이란 것을 모두가 누리는 것도 아니다. 어떤 곳에 사는 사람들의 삶은 가장 빨리 바뀌는 한편, 또 어떤 곳의 사람들은 뒤처져서 늦어지기도 하고, 굳이 생활을 바꿀 필요가 없기도 하다. 그러다 보면 사람들은 아예 서로 다른 생활을 하게 되기도 한다.

이렇게 생활 문화의 차이가 크게 벌어지다 보면, 자기와 다른 생활 문화를 지닌 사람들을 이해하지 못하고 기이한 모습으로 묘사하는 일이 자꾸 일어나곤 한다.

담비는 고구려국에서 나온다. 원래는 '그것'이 있어서 담비와 함께 굴속에서 생활한다. 혹시라도 '그것'을 보면 생김새는 사람과 비슷하고 키는 3척이며 담비를 잘 다루고 손칼을 좋아한다고 한다.

고구려 풍습에 사람이 담비 가죽을 얻고 싶을 땐 손칼을 동굴 입구에 던져 놓는다. 그러면 '그것'이 밤에 동굴을 나와 담비 가죽을 손칼 옆에 놓아둔다. 그리고 사람이 담비 가죽을 가지고 떠나기를 기다렸다가, 사람이 가고 나면 손칼을 가져간다.

— 〈이원(異苑)〉

중국의 기록인 〈이원〉은 고구려와 동시대에 쓰였다. 여기에서는 고구려에는 사람뿐만 아니라 '그것'도 살고 있었다고 한다. '그것'은 무엇이었을까? 생김새는 사람과 같은데 조금 작고, 담비 같은 짐승을 잘 잡을 줄 알며 손칼 같은 도구를 필요로 한다고 한다. 여기까지는 인간과 크게 다를 바 없는 듯이 그려진다. 그러나 '그것'은 굴속에서 살고 있었다고 한다.

담비가 굴속에서 동굴 속에 살 듯이 '그것'도 굴속에서 지냈으며, 고구려 사람들이 담비 가죽을 사러 올 때도 바깥으로 나오지 않고 있다가, 아무도 없을 때가 되어야 가죽 값인 손칼을 가져갔다는 것이다. 고구려 사람들은 이렇게 얻은 담비 가죽으로 옷을 만들어 입거나 수출했던 것 같다.

고구려 사람들은 이미 땅 위에 집을 짓고 살았던 것으로 보인다. 그러나 고구려에는 그 밖에도 여러 민족이 살고 있었다. 여전히 깊숙한 움집이나 그보다도 전에 생겨난 막집에서 사는 사람들, 심지어는 아직도 굴속에 사는 사람들도 있었을 것이다.

학자들은 이 이야기가 고구려 북쪽에 살던 민족인 읍루에 관한 이야기라고 생각한다. 읍루가 어떤 사람들인지는, 〈이원〉보다 앞서 쓰인 역사서 〈삼국지〉에 좀 더 믿을만한 기록이 있다.

읍루는 항상 숲속에서 사는데 동굴 생활을 한다. … 큰 집은 깊이가 9계단이나 된다. 계단이 많을수록 좋다고 여긴다. 이 지방의 기후는 추운데 부여보다 혹독하다. … 겨울에는 돼지기름을 몸에 바르는데, 그 두께는 몇 분이나 되어 감기를 막는다. 여름에는 벌거벗고 한 척짜리 천으로 앞뒤만 가려서 몸을 덮는다. 그들은 불결하여 집 한가운데에 뒷간을 만들고는 그 바깥에 둘러싸고 생활한다.

— 〈삼국지(三國志)〉 동이전 고구려

〈삼국지〉에서는 읍루가 동굴에서 살았다고 한다. 큰 집에 사는 사람들은 더 깊숙한 데서 살았으니, 계단이 많으면 많을수록 더욱 세력을 지닌 사람들이었을 것이다. 여기서 말하는 동굴이 정말 동굴을 이야기하는 것인지, 아니면 마치 동굴과도 같은 곳을 의미하는 곳인지는 명확하진 않다. 그러나 이 정도로 깊숙한 데에 집을 만들었다면, 보기에 따라서는 정말 동굴로 보일 수도 있을 것이다. 또, 땅을 깊이 파고 사는 것과 추운 날씨는 서로 깊은 관련이 있다는 것을 알 수 있다.

〈삼국지〉에는 담비랑 같이 살았다는 얘긴 없다. 그러나 읍루가 좋은 담비 가죽을 팔고 있었다는 내용은 나온다. 굴속에서 살며 담비 가죽을 팔았다는 '그것'과 읍루의 생활 방식이 무척 유사하다.

읍루가 동굴처럼 생긴 집에서 살며, 좋은 담비 가죽을 팔던 것은, 고구려와 교류하던 중국 상인들을 통해 이야기로 전해졌고, 담비랑 같은 동굴에서 살면서 담비 가죽을 파는 '그것'이 있다는 이야기로 변한 것 같다. 학자들이 '그것'을 읍루로 본 것도 이와 같다. 마치 짐승처럼 묘사된 이들의 이야기가 알고 보면 사람의 이야기였던 걸 보면, 단군 이야기에 나오는 동굴 속의 곰과 호랑이의 이야기에서도 인간의 모습을 찾아볼 수 있을 것이다

굴속에서는 어떻게 살았을까

그런데 읍루가 동굴에서 살았다는 기록 뒤에는 굉장히 지저분한 기록이 이어진다. 읍루는 뒷간 주변에 둘러앉아 산다는 것이다. 이들이 정말로 똥냄새를 맡으며 살았는지는 알 수 없지만, 분명한 것은 〈삼국지〉의 서술은 읍루에게 우호적이지 않으며, 읍루는 불결하다는 인상을 강하게 풍기고 있다.

읍루 말고도 이런 데서 살았던 사람들이 있었다. 오늘날의 한반도 중부와 남부 지역에 있었던 여러 소국의 연맹 국가인 마한이었다. 이곳 사람들의 생활도 〈삼국지〉에 실려 있다.

마한 사람들은 지푸라기로 집을 짓고 흙방을 만들어 산다. 그 모양이 마치 무덤처럼 생겼다. 그 문은 위쪽에 있다. 온 집안 식구가 그 속에 함께 살며, 어른과 아이, 남자와 여자의 분별이란 게 없다.

─ 〈삼국지〉 동이전 마한

마한 사람들은 지푸라기와 흙을 재료로 움집을 만들었는데, 움집이라 하지만 그 형태는 거의 무덤을 떠올리게 했다고 한다. 문이 위쪽에 있었다고 하여 마치 읍루가 살았던 동굴, 또는 동굴과 유사한 형태의 움집에서 살았다는 것이다. 그런데 〈삼국지〉는 움집의 형태에 이어, 굳이 그곳에 사는 사람들의 생활에는 예절이 없다는 시각으로 서술하고 있다. 이것 역시 어느 정도 진실인지는 알 수 없지만, 동굴에 사는 사람들이 미개하다는 선입견을 심어주려는 것이기도 하다.

일찍이 사람들은 낯선 사람들에게 근원적인 두려움을 느끼는 한편, 그들에 대한 두려움을 불식시키려는 것인지 아니면 우월감에서 비롯된 것인지 낯선 사람들을 야만인이나 짐승이라고 부르곤 했다. 오랑캐를 나타내는 이夷, 융戎, 만蠻, 적狄이란 글자에는 낯선 생활방식과 함께 경멸하는 의미가 담겨 있다.

앞서 살펴본 〈삼국지〉의 기록 역시, 중국에서 오랑캐를 바라보는 시각이 담겨 있다. 여기서는 동굴이나 움집에 사는 읍루나 마한 사람들을 어떻게든 구덩이 속에서 살며 지저분하거나 예절이 없다고 하여, 마치 짐승과 같은 야만인의 모습으로 묘사하려 했다. 이러한 관념은 뒷사람들에게도 전해져서, "동굴 속이나 움집에 살고 있는 사람들은 짐승처럼 살고 있다"와 같은 이야기들이 떠돌았다가, 나중에는 〈이원〉에서 말하는 것처럼 "동굴 속에 짐승들이 살고 있다"는 식으로 정착되었던 것 같다.

단군 이야기에서 곰과 호랑이가 같은 굴속에서 살고 있었다는 말은 여전히 동굴이나 움집에 사는 사람들이 있었다는 얘기였을 수도 있을 것이다. 그리고 이들을 짐승처럼 여기는 사람들도 있었다. 사람과 짐승이라고 불린 이들이 모두 같은 시대에 살고 있던 것이다. 이야기 속 동굴이라는 공간은 어쩌면 곰과 호랑이의 정체를 아는 데 실마리가 될 수 있을 것이다.

10. 곰과 호랑이는 왜 인간이 되려 했을까

굴속에 살던 곰과 호랑이는 사람이 되고 싶어했다. 그러자 환웅은 이 두 짐승에게 나타나서 쑥과 마늘만 먹고 햇빛을 보지 말라고 했다. 그리고 환웅이 남긴 금기를 지킨 곰만 여인이 되었다.

단군 이야기가 우리 민족의 시작이 되면서 이 장면은 특별한 장면이 되었다. 여기서 곰과 호랑이는 스스로 사람이 되길 원해서 굴속에 머물렀다. 그 사나운 맹수들은 서로 싸우지도 않았고, 사람들을 잡아먹는 대신 쑥과 마늘을 먹었다. 사람들은 우리 민족이 평화를 사랑하는 민족이라고 했는데, 그 첫 번째 근거를 여기에서 들곤 했다.

이때 곰 한 마리와 호랑이 한 마리가 같은 동굴에서 살고 있었다. 곰과 호랑이는 항상 환웅에게 빌면서 사람이 되고 싶다고 했다. 그러자 환웅은 신령스러운 쑥 한 타래, 마늘 스무 개를 주면서 말했다. "너희들이 이것만 먹으면서 백일 동안 햇빛을 보지 않으면 사람으로 만들어 주겠다."

곰과 호랑이는 이것을 받아먹으면서 환웅이 말한 금기를 지키고 있었다. 마침내 삼칠일(3×7=21일) 만에 곰은 여인의 몸이 되었다. 그러나 호랑이는 금기를 지키지 않아 사람이 되지 못했다.

— <삼국유사> 고조선(왕검조선)

예전에는 이런 이야기를 들으면 이렇게 생각했다. "당연한 거 아냐? 역시 짐승보다는 인간으로 사는 게 낫지" 그런데 곰과 호랑이는 왜 쑥과 마늘을 먹으며 동굴 속에서 지냈을까? 그리고 왜 사람이 되려 했을까? 여기에는 온갖 서로 다른 이유가 있을지도 모른다고 생각했다. 그중에 곰과 호랑이가 사람이 되고 싶어했다는 것은, 불교에서 말하는 윤회를 뜻하는 게 아닐까?

윤회輪廻는 죽은 뒤 다시 다른 것으로 태어나 살고, 그러다 죽어 또다시 다른 것으로 태어나는 것을 말한다. 여러 신화에서 자주 나타나는 주제이지만, 특히 인도 신화나 불교에서 나오는 윤회가 잘 알려져 있다. 불교의 세계관에서는 삶과 죽음의 문제를 깊이 다루는데, 윤회가 그 핵심을 이루고 있다. 여기에 따르면 생명을 가진 것들은 삶과 죽음을 끊임없이 반복한다. 삶과 죽음 그 자체가 괴로움이라 윤회도 괴로움이다. 그러다 마침내 깨달음을 얻어 '열반'이란 상태에 들 때에 부처의 경지에 이를 수 있고 괴로움에서 벗어날 수 있다는 것이다.

불교는 삼국 시대에 한반도로 전래된 이래 널리 전파되었다. 한때는 불교 수용을 가장 격렬하게 저지했던 신라도 왕실을 중심으로 불교를 수용한 뒤로는 가장 적극적으로 '불국토'를 내세웠다. 신라야말로 부처의 나라라는 것이었다. 신라가 삼국을 통일하는 과정에서 원효(617~686), 의상(625~702)과 같은 승려들이 적극적으로 활동하여 불교는 집집마다 구석구석 들어와 사람들의 세계관을 장악하게 된다. 이후 신라의 역사와 문화는 불교를 빼놓고 이야기할 수 없다.

신라의 지방 통제력이 약화되고 후삼국 시대가 되었을 때도 불교는 여전히 사람들을 지배하고 있었다. 이때 유력한 지방 세력들은 불교를 이용하여 권력을 획득하고 유지했다. 궁예(재위 901~908)는 미륵 부처를 자처하며 후고구려를 세웠는데, 이 나라는 고려로 이어졌다. 고려의 태조 왕건(재위 918~943)은 후

삼국을 통일하고 말년에는 훈요 10조를 남겼는데, 여기서는 자신이 "부처에 힘입어 대업을 이룰 수 있었다"라고 하여 불교를 적극적으로 장려하였다.

과연 그 유언은 오랫동안 지켜졌다. 고려에서는 왕공에서 노비에 이르기까지 거의 모든 이들이 불교를 깊이 믿었다. 외국 군대의 대규모 침공을 당했을 때 어떻게 대응했는지를 보면 불교 국가라는 성격이 더욱 분명하게 드러난다. 거란이 쳐들어오자 고려는 방대한 대장경을 판각해 부처의 힘으로 외적을 막아내려 했다. 여진 정벌을 위해 별무반을 편성할 때는 승려로 이뤄진 군단을 따로 두었고, 몽골이 침입하여 대장경을 불태워 버리자 이를 다시 만들어냈다. 이렇게 고려는 전쟁 중은 물론, 망할 때까지 불교 국가로서의 정체성을 유지했다. 그런 고려에서 일연은 국존이라는 최고 승려의 자리에 있었던 인물이었다. 그가 쓴 〈삼국유사〉도 불교 이야기가 중심이 되고 있는데, 윤회는 〈삼국유사〉의 핵심 주제 중 하나다.

윤회는 고통으로 여겨지긴 했으나 꼭 필요한 과정이기도 했다. 짐승은 축생畜生의 길을 걷는다는 상태로 여겨지지만, 윤회를 거쳐 인간으로 다시 태어날 수 있다. 인간이 되면 깨달음을 얻어 열반에 들 수 있다고 한다. 결국 짐승이 바라는 것은 결국 인간이 되는 것이 된다.

어떻게 하면 인간이 될 수 있을까

〈삼국유사〉는 여러 변신담으로 이뤄져 있다. 곰은 여인으로 변하고, 환인은 모습을 바꾸어 그 여인과 혼인한다. 그밖에도 여러 동물이 사람으로 변하는 이야기가 나오곤 한다. 여우나 호랑이가 사람으로 변하면 인간들은 여기에 곧잘 속아 넘어 가곤 한다. 이들은 사람처럼 이야기하고 느낄 줄도 알기 때문 이다.

화랑이었던 김현은 수도 서라벌에서 탑돌이를 하다 처녀 한 명과 정을 통했다. 그러고 나서 산속에 있는 처녀의 집까지 따 라갔는데 갑자기 호랑이들이 사람 냄새를 맡고 나타나 김현 을 해치려 했다. 이 호랑이들은 처녀의 오빠였고, 처녀의 정체 는 잠시 사람으로 변신한 호랑이였다.

이때 하늘은 처녀의 오빠들을 꾸짖으며, 살생을 많이 저질 렀으니 한 마리를 죽이겠다고 했다. 여기서 하늘이란 불교의 세계관에 등장하여 죄를 직접 응징하는 하늘신 중 하나로 보 인다. 처녀는 자기가 대신 벌을 받겠으니 오빠들을 살려 달라 고 했다. 이제 죽을 운명이 된 처녀는 김현에게 자신을 죽여 큰 공을 세우라고 제안한다.

다음날, 호랑이 한 마리가 성안에 들어가 사람들을 마구 해쳤다. 조정에서는 호랑이를 잡는 사람에게 큰 상을 주겠다고 했다. 그러자 김현은 미리 약속해둔 대로 호랑이를 잡으러 산으로 올라갔고, 그 호랑이는 어느새 처녀의 모습으로 변해 있었다. 그리고 처녀는 스스로 김현의 칼을 빼앗아 목을 찔렀다.

처녀는 아직 살아있었을 때, 자신이 죽고 나면 절을 세워주고 불경을 읽어 선한 업보를 받을 수 있도록 김현에게 부탁해 두었다. 처녀가 죽은 뒤 호랑이를 잡은 공으로 벼슬길에 오른 김현은 '호원사虎願寺'라는 절을 세웠다. 이는 호랑이가 기원한 절이라는 뜻이다. 김현은 여기서 불경을 강론하며 처녀와의 약속을 지켰다.

호랑이 처녀는 죽을 운명이 되고, 또 김현이 공을 세우도록 해 주고 싶은 마음도 있었겠지만, 선한 업보를 쌓아 인간이 되기 위해 스스로 죽었다. 업보業報란 자기가 한 일에 따라 쌓인다. 선한 일을 하면 선한 업보가 쌓여 더 나은 것으로 윤회할 수 있고, 악한 일을 하면 악한 업보가 쌓여 윤회할 때 더 못난 것으로 태어난다. 인간이라도 악한 짓을 하고 살면 다음 생에는 낮은 신분으로 태어나거나 심지어는 짐승으로 태어날 수도 있는 것이다.

훗날 불국사 등 수많은 절을 지었다고 할 만큼 부와 권세를 누렸던 김대성(700~774)의 이야기도 비슷하다. 김대성은 그 스스로가 윤회를 통해 가난한 민간에서 귀족 집안에 다시 태어났고, 나중에는 이를 기리며 석굴암과 불국사를 지었다고 전해질 만큼 윤회의 아이콘이었다. 전생에서는 김대성의 어머니가 끼니를 걱정할 정도였으나, 다시 태어난 김대성은 자라서 사냥을 즐길 만큼 유복하게 살았다. 그는 어느 날 토함산에서 곰을 잡고 난 뒤 잠이 들었는데 꿈속에 곰이 나타나 복수하려고 했다. 김대성이 용서를 빌자 곰은 대신 절을 지어달라고 했다. 그렇게 해서 '장수사長壽寺'라는 절이 지어졌다고 한다. 김대성은 윤회로 다시 태어났다 하여 전생과 현생의 부모 모두를 위해 절을 지었다. 그걸 생각하면, 여기서 절을 짓는 것 또한 곰의 윤회를 암시하는 것으로 보인다. 이는 당연히, 동물의 시선이 아닌 인간의 시선으로 동물을 바라보는 것이다. 한편으로는 이 이야기는 곰이 절을 짓고 싶어했다기보단 김대성이 그동안 사냥을 즐기며 수많은 짐승을 죽인 것 때문에 짐승으로 윤회할지도 몰라 두려워하다, 절을 지었다는 것으로도 느껴진다.

〈삼국유사〉에 실린 이들 곰과 호랑이 이야기는 호원사, 장수사라는 절이 왜 지어졌는지 설명하려고 만들어진 이야기일 텐데, 불교에서, 그리고 인간이 짐승을 어떻게 바라보는지가 드러나 있다. 오늘날 인간이 동물과의 교감을 원하는 것보다도, 〈삼국유사〉의 동물들은 그 이상으로 인간과 교감하고 싶어했으며, 심지어 다시 태어나 인간이 되고자 하는 염원이 있었다. 이런 관념을 바탕으로 이야기 속에서 김현은 호랑이 처녀와 깊은 교감을 나눌 수 있었다. 그렇지만 이 동물들은 아직 불완전하여 사람이 된 건 아니었다.

불교의 세계관에서는 짐승을 비롯한 모든 생명을 중히 여기고는 있으나 짐승은 인간이 되길 원하고, 인간은 짐승이 되길 꺼린다고 하여 인간을 좀 더 우위에 두고 있다. 그래서 그런 이야기 안에서는 곰과 호랑이가 인간이 되고 싶어하는 것도 자연스러운 일일 것이다. 이들은 윤회를 통해 완전한 인간으로 다시 태어나길 바랐다.

호랑이와 곰은 모두 자신을 위하여 절을 지어달라고 했다. 호랑이는 절을 지어주면 자기가 좋은 업보를 받을 수 있다며 자세한 이유를 이야기해 주었다. 곰 역시 비슷한 이유로 절을 지어달라 한 것으로 보인다. 이 짐승들의 이야기는 어디까지나 사람으로 다시 태어나고 싶다는 표현으로 보이는데, 그 간절함은 단군 이야기의 곰과 호랑이를 떠올리게 한다.

물론, 이런 종류의 설화는 물론 승려들이나 불교 신도들이 만들어 낸 이야기였겠지만, 당시에는 이미 불교 신도와 그렇지 않은 사람을 구분하기 쉽지 않을 만큼 불교는 대중화되어 있었을 것이다. 짐승들이 인간이 되고 싶어한다든지, 그래서 윤회를 기도한다든지 하는 것은 모두 불교의 세계관이나 인간을 기준으로 동물의 마음을 헤아리는 것에 지나지 않을 것이다. 그렇지만 한편으로는 짐승들이 인간과 통할 수도 있다는 원시 이래의 오랜 관념을 이런 설화들이 나타내기도 한다. 또한 인간이 열반을 바라듯, 축생의 길에 빠진 짐승들을 가엾게 여기고, 이것들도 언젠가는 인간으로 다시 태어나길 바라는 인간의 자비심이 들어있는 듯하다.

〈삼국유사〉의 짐승들은 윤회를 통해 완전한 인간으로 다시 태어나길 바랐다. 그렇지만 이는 짐승들에게는 좀처럼 실현하기 어려운 것이었다. 이때, 짐승을 측은하게 여기고 인간으로 다시 태어나길 빌어 주는 것이 인간이듯, 불교 설화에서는 짐승이 인간이 되는 데에 인간의 역할이 결정적으로 작용한다. 김현은 호랑이를 위해 호원사를 지어 주었고, 김대성은 곰을 위해 장수사를 지어 주었다.

그리고 김현이 만난 호랑이, 김대성이 만난 곰이라는 짐승은 단군 이야기에도 나오는 짐승들이다. 곰과 호랑이가 인간이 되고 싶어하자, 환웅이 나타나 인간이 되는 법을 알려 준다. 그것은 쑥과 마늘을 받아먹으며 굴속에서 햇빛을 보지 않는 것인데, 마치 불교에서 이야기하는 수행의 모습을 닮아있다. 수행이란 선한 업보를 쌓는 가장 중요한 활동으로, 단군 이야기에서 곰, 호랑이가 사람이 되고 싶다고 빈 것도 윤회를 통해 사람이 되고자 하는 뜻이 아닐까?

정말 이 부분이 윤회를 뜻하는 것이라면, 〈삼국유사〉에 정리된 단군 이야기는 빨라도 불교가 전래된 삼국시대 이후에 정리된 것으로 보인다. 혹은 그것보다는 더 일찍 정리되었더라도, 불교 전래 이후 단군 이야기도 다소 불교식으로 고쳐 쓰거나 새로 쓰였으리라고 생각된다.

그런데 이것이 윤회라면 으스스한 생각이 들기도 한다. 윤회는 결국에는 죽음으로 끝난다. 곰과 호랑이가 굴속으로 들어가 제대로 먹지도 못하며 오랜 시간을 보내는 것은, 곰은 윤회에 성공했지만 죽었다는 이야기가 되어버린다. 그리고 호랑이는 인간이 되는 데 실패했다. 윤회가 성공했는지 실패했

는지는 죽어야 알 수 있는데, 그렇다면 호랑이도 죽었다는 이
야기일까?

11. 쑥과 마늘, 둘 중에 하나만 먹어라

돌곰(백제 시기), ⓒ문화재청

대학 시절 우리 학과에서 한국 고대사를 공부하는 학생들이 단군 이야기를 연극으로 꾸며 공연한 적이 있다. 굴속의 호랑이와 곰 이야기였다. 호랑이 의상을 못 빌려서 대신 토끼가 나오는 기괴한 연극이었다. 곰 역할을 맡은 것은 한 학번 후배인 이 모 군이었는데, 신화를 재현하겠다고 굳이 마늘을 먹어서 별 재밌지도 않은 연극 분위기가 크게 반전됐다. 역시 사극의 성패라는 것은 고증이나 재현을 얼마나 잘 하는지에 달린 것일까?

어느 날 저녁 후배에게 불쑥 전화를 걸어 물어봤다. "너 그때 마늘 먹었을 때 무슨 생각이 나든?" 후배는 그 순간 이런 생각을 했다고 한다. 차례로 옮겨 적으니 이와 같았다. "맵다", "와, 매운데 이걸 어떻게 먹지?", "속 터지겠는데?", "괜찮을까?"

"이거 안 되겠는데", "큰일나겠는데" 등등. 단군 이야기를 재연하면서 마늘을 먹고, 그 감상을 또 이렇게 남긴 이는 아마도 곰이 여인이 된 이후 후배가 한민족 최초일 것이다.

누가 굳이 알려주지 않아도, 우리는 곰과 호랑이가 동굴 속에서 쑥과 마늘을 먹었다는 것을 고통과 인내의 이야기로 이해하곤 한다. 그건 쑥과 마늘의 맛이란 이처럼 뻔하기 때문이다. 특히나 마늘의 존재감이 대단하다. 오늘날도 마늘을 가지고 온갖 악랄한 벌칙을 주고 피눈물을 쏟는 걸 보며 즐거워하는 풍토가 남아 있는데, 이는 단군 이야기에서 비롯되었다는 의심이 강하게 들곤 한다.

쑥과 마늘은 같은 맛일까

단군 이야기에서 환웅은 곰과 호랑이에게 쑥 말고도 마늘을 주었다. 마늘 역시 쑥과 마찬가지로 약으로 쓰기도 하고 먹기도 한다. 다만 쑥대밭이라는 말이 있을 만큼 거칠고 메마른 땅에서도 잘 자라는 쑥과는 달리, 마늘은 일부러 밭을 만들고는 다소 신경을 써가며 길러야 하는 점에서는 차이가 있다. 특히 일상생활에서 마늘은 맛과 향을 내는 데 중요한 재료였다. 고려시대까지는 마늘에 관한 기록은 많지 않지만, 조선시대가 되면 크게 늘어난다. 〈조선왕조실록〉은 물론, 민간의 여러 기록에서도 사람들이 밭에서 마늘을 길러서 먹거나 내다 팔고, 지방에서 조정에 올려바치는 내용이 나온다.

곰과 호랑이는 인간이 되고 싶어하고, 환웅은 그 대신 쑥과 마늘을 먹어야 한다고 했다. 인간의 삶도 마찬가지이지만 신화에서는 원하는 것을 얻으려고 자신의 것을 내어놓는다든지, 갖은 고생을 한다든지 하는 이야기가 많다. 곰은 환웅의 말을 잘 지켜서 여인이 되었고, 호랑이는 지키지 않아 인간이 되지 못했다. 그걸 생각해보면, 쑥과 마늘은 모두 인간이 되기 위해 곰과 호랑이가 반드시 치러야만 하는 대가이다. 그래선지 쑥과 마늘은 그저 쓰고 매운 것이라는, 감각은 달라도 모두 괴로움이라는 감정을 불러일으킨다.

단군 이야기가 실린 〈삼국유사〉에는 승려들이 굴속에 자리 잡고 수행했다는 이야기가 많이 나오곤 한다. 이처럼 굴속은 바깥세상의 온갖 유혹으로부터 벗어난 곳이기도 하다. 그런 점에서 동굴은 호랑이와 곰이 살면서, 또 쑥과 마늘을 먹을 만한 곳으로도 잘 어울리는 곳이다.

그렇지만, 쑥과 마늘은 정말 같은 것일까? 이 둘을 어떻게 이해하느냐에 따라 단군 이야기도 크게 달리 해석할 수 있다.

먼저 쑥을 보자. 쑥은 약초로도 많이 쓰인다. 약초로도 쓰인다는 건 악귀를 몰아내는 주술적인 힘도 있는 것으로 여겨지기도 한다. 그래서 단오에는 쑥으로 인형이나 부적을 만들어 악귀를 쫓아내는 데에 많이 쓰였다. 또, 고려 시대부터 왕실이나 관청에서 제사를 바칠 때 희생물과 함께 쑥을 태웠던 것이 〈고려사〉, 〈조선왕조실록〉 등 공식 역사서를 통해서도 확인된다. 여기서 말하는 쑥은 맑고 엄숙한 戒의 세계를 나타내고 있다.

한편으로는 戒 세계뿐만 아니라, 탐하는 色의 세계가 있어서, 그것은 마늘 속에 자리잡고 있는 듯하다.

치명적인 마늘의 맛

〈삼국유사〉는 불교의 세계관을 바탕으로 쓰였다. 그리고 여기에 실린 단군 이야기에도 불교적인 내용이 스며들어있다. 물론 단군 이야기는 불교가 들어오기도 한참 전인 고조선과 그 이전 시대를 다루고 있다. 그렇지만 그 내용을 보면 이미 불교의 영향을 받은 사람들의 손에 정리된 듯하다. 불교의 시대에 쓰인 단군과 그 이전의 이야기라면, 이야기에 나오는 여러 요소는 불교적인 의미를 띠고 있을 것이다.

불교에서는 마늘을 꺼렸다. 그걸 먹는 것은 입으로 악한 업을 쌓는 것이 되었다. 한편 마늘을 먹지 않는 사람은 독실한 불교도의 자질이 있다고 여겨졌다. 〈고려사절요〉에는 일연과 같은 시기를 살았던 참지정사 권단(1228~1311)이 죽었다는 기사가 나오는데, 그의 일생은 이렇게 기록되어 있다.

"불교를 믿어 40년 동안 마늘 같은 것과 날고기를 먹지 않았다."

당연히 승려들도 평생 마늘을 멀리하며 살아야 했다. 어린 이때부터 승려가 되겠다고 마늘을 먹지 않은 경우도 있었다. 고려 시대 이규보(1168~1241)는 정각국사 지겸(1145~1229)의 비문을 지을 때 "국사는 이 무렵 마늘 같은 것과 날고기를 끊고, 갓 아홉 살이 되었을 때 출가하기를 간절히 바랐다"고 했다.

이규보는 스스로를 위해서는 자기가 처음으로 오신(五辛, 마늘 등의 채소)을 끊은 때를 기념해 자랑스럽게 시까지 남기기도 했다.

"어찌 악귀에게 내 입술과 혀를 핥게 하겠는가."

이 시는 〈동국이상국집〉에 실려 있다. 그런데 같은 책에는 좀 더 나중에 쓰인 시도 함께 실려 있다. 여기서는 오신을 끊었을 때 쇠고기는 못 끊었다가 이제야 고기를 보고도 먹지 않게 되었다고 한다. "두보 옹도 가소롭다. 죽던 날에는 쇠고기를 배불리 먹지 않았던가." 겉으로는 호기롭게 시성詩聖이라 흠모를 받는 두보(712~770)를 비웃고 있다. 그러나 시의 이면에는 쇠고기를 먹고 싶어 죽을 듯한 이규보의 내면의 절규가 들리는 듯하다. "안 먹을 것"이라고 선언하는 것은 "그래도 먹고 싶다"란 말이나 다름없다. 그런데 마늘과 쇠고기를 모두 끊었다고까지 자랑을 하지 않는 걸 보면, 이때는 다시 마늘을 먹고 있었던 걸까? 마늘은 마치 오늘날 치킨의 위상을 차지하는 정도였던 것 같다.

먹을 것이 없어도 마늘을 먹으면 안 됐다. 해원(1262~1330)은 당시 몽골 제국의 안서왕安西王이 불러서, 이름부터 춥고 머나먼 삭방까지 가게 됐다. 그가 죽은 뒤엔 이곡(1298~1351)이 비문을 지었는데, 그곳에서 대사는 이렇게 살았다고 전해진다. "굶주림을 견딜지언정 마늘같이 냄새나는 채소는 절대 먹지 않고, 계율을 더욱 굳게 지켰다."

그래서였을까. 고려 문종이 절에 들어간 사람들이 신성한 절 마당에서 파와 마늘을 기른다며 비난하는 기록이 있다. 〈고려

사절요〉를 보면 문종(재위 1046~1083)은 1056년 음력 9월, "사람들이 요역을 피하려고 스스로 승려라 하더니, 강론을 하고 범패(불교의 노래)를 부르는 마당에서 파와 마늘을 기른다"라며, 계율을 어기는 자들을 법으로 다스리겠다고 엄명을 내렸다. 불교 국가인 고려의 왕으로서는 절을 밭두렁으로 만든 녀석들을 용서할 수 없었을 텐데, 그놈들이 거기서 마늘까지 길렀다고 하니 기가 찼을 것이다.

마늘에 집착하는 이들의 이야길 듣고 있으면, 옛 사람들이 그만큼 좋아했던 술이라는 걸 또 떠올리게 된다. 불교에서는 또 불음주不飮酒라고 하여 술을 금한다. 술은 몸을 더럽히고 정신을 흐리게 하여, 수행하는 데 방해가 된다고 하여 역시 죄가 되었다. 이러한 술의 속성에서 마늘을 떠올려 볼 수도 있다. 마늘은 제대로 익히지 않고 먹으면 몹시 아찔해져, 마치 독한 술을 먹는 것 같은 기분이 들곤 한다. 이것은 마치 술을 마시는 것처럼 여겨지기도 했을 것이다.

이처럼 불교에서 마늘을 멀리하라고 강조했던 것이나, 이규보가 굳이 시까지 지어 가며 마늘을 끊은 걸 자랑한 걸 보면 그만큼 마늘을 찾는 사람들이 많았을 것이다.

단군 이야기가 〈삼국유사〉에 실릴 때쯤에는 이미 어느 정도는 불교도의 손길이 닿은 이야기가 된 것으로 보인다. 그렇다면 그때 마늘이 나오는 부분도 어느 정도 고쳐졌거나, 아예 새로 추가되었을 것이다. 그리고 마늘은 불교에서 그랬듯이 금지된 음식으로 나왔을 것이다. 그런데 곰과 호랑이가 사람이 되겠다고 환웅에게 빌고, 환웅은 마늘을 먹으라고 주고, 그걸 또 받아먹은 곰이 인간이 된다니. 아무리 생각해도 이상한 일이다.

그렇지만 이렇게 생각해볼 수도 있다. 환웅은 곰과 호랑이에게 쑥과 마늘을 주었는데, 반드시 쑥과 마늘을 다 먹으라는 이야기만은 아니었던 것 같다. 만약 쑥과 마늘, 둘 중에 하나를 먹는 것이었다면 어떨까?

쑥을 먹는다는 것은 아마도 동굴 속에서 계속 버티겠다는 것이다. 쑥은 주로 먹을 것이나 약으로 쓰였다. 그걸 생각하면 곰은 이걸 먹으면서 최소한의 건강을 유지하며 인간이 되기 위해 굴속에서 오랜 시간을 보내야 했을 것이다. 어떻게든 쑥만 먹으면서 버틴 곰은 인간이 되었던 것 같은데, 그 과정은 물론 괴로웠을 것이다.

그런데 한쪽에는 쑥이, 다른 한쪽에는 마늘이 있었다. 마늘은 곰이나 호랑이가 어디까지 참을 수 있는지 그 한계를 시험해보는 것이었다고 생각된다. 쑥을 먹고 있으면서도, 언제까지나 마늘을 생각할 수밖에 없는 것이다. 그냥 쑥 말고는 아무것도 없는 데서 쑥만 먹는 것보다도, 마늘을 옆에 두고도 쑥만 먹는 것은 더더욱 고통스러웠을 것이다. 호랑이가 견디지 못했던 것은, 마늘 때문이었을지도 모른다.

물론, 마늘은 채소 그 자체만으로 생각하기보단, 동굴 밖에 있는 온갖 유혹을 가리키는 것이기도 하다. 밖으로 나가기만 하면 쑥만 먹지 않아도 되고, 다른 짐승들, 심지어 사람을 잡아먹을 수도 있다. 호랑이가 굶주린 그 모든 순간, 곰마저도 흔들리게 했을 코를 찌르는 냄새, 그 아찔한 맛. 이 모든 것이 스무 개의 마늘 속에 담겨 있는 것은 아니었을까?[1]

---

*단군 이야기에서 말하는 '마늘蒜'은 마늘이 아니라고 보는 의견도 있다. 마늘은 서역이 원산지인데 단군이 고조선을 세울 무렵에는 아직 한반도에 들어오지 않았고, 고려 중기에서야 비로소 기록에 나타나기 때문이라고 한다. 이러한 의견은 단군 이야기가 고조선 무렵 만들어졌다는 가정에 기초를 두고 있다.

그러나 단군 이야기는 여러 사람이, 오랜 세월에 걸쳐, 여러 이야기가 모여 만들어졌던 것으로 보인다.

마늘이 아직 한반도로 들어오지 않았어도, 삼국 시대에 불교가 전래되면서, 불교에서 금하는 마늘이 존재한다는 것 역시 함께 알려졌을 것이다. 그리고 〈고려사절요〉의 기록을 통해, 마늘이 고려 중기 문종 때에는 이미 한반도에 들어왔음을 알 수 있다.

오늘날 남아 있는 단군 이야기는 늦으면 고려 시대에서야 그 전모를 드러냈다. 그 사이에 단군 이야기 또한 수많은 변형을 거쳤을 것이며, 마늘 이야기는 이르면 삼국시대, 늦으면 고려시대에 덧붙여졌을 수 있다. 마늘을 그대로 마늘이라 본다면, 단군 이야기가 언제 만들어졌는지 짐작할 수 있는 중요한 키워드가 될 수 있다.

12. 아이를 낳을 준비

금동 곰모양 꾸미개(낙랑 시기), ⓒ국립중앙박물관

훗날 고조선을 세우는 위업을 달성하게 될 단군은 어느 여인에게서 태어나는데, 그 여인은 원래는 굴속에 살던 곰이었다고 한다.

거의 모든 인간은 굴속에서 아이를 낳지 않는다. 굳이 그래야 한다면 아마도 끔찍한 위기가 닥쳤거나, 밖에 있을 적에 산기가 임박하여 어쩔 수 없이 굴속이라도 거처로 삼아야만 하는 상황이었기 때문일 것이다.

그러나 선사시대 유적을 보면 인간은 정말로 굴속에서 살기도 했다. 굴속에서 먹고 싸우고, 심지어는 그림까지 남겼다. 그리고 아이를 굴에서 낳고, 아이는 굴속에서 태어났을 것이다. 그래서였을까, 훗날 급하게 아이를 낳아야 할 순간이 왔을 때, 얼른 굴속을 떠올리기도 했다. 〈일본서기〉에서는 백제의 무령왕(재위 501~523)이 가카라 섬[加唐島]에서 태어났다고 한다. 그 섬 사람들은 지금도 무령왕이 섬에 있는 어느 굴속에서 태어났을 거라고 믿고 있다.

여러 신화와 전설 속에서 영웅들은 동물에게 길러지기도 했다. 그때 그들의 집은 굴속에 있었다. 그곳이야말로 동물에게는 가장 편안한 곳이었다. 곰과 호랑이는 굴속에서 지낸다. 자기 새끼들도 여기서 기르고, 만약 인간을 데려다 기르더라도 여기서 기를 것이다. 그때로 거슬러 올라가면 굴속은 더 이상 오늘날과 같은 낯선 공간이 아니었을 것이다. 이제 그곳은 동물에게서 길러진 아이에게도 가장 안전한 곳이 된다.

얼핏 보면 단군 이야기는 이런 이야기들과는 별로 상관없는 것처럼 보이기도 한다. 곰은 굴 밖으로 나간 뒤에서야 비로소 혼인하고 단군을 낳는다. 이에 따르면 임신과 출산은 모두 동굴 밖에서 이뤄지는 것이다.

그러나 동굴은 그 이상의 의미를 지니고 있기도 하다. 단군의 아버지인 환웅은 하늘에서 내려왔으므로 이야기의 절반은 분명 하늘로부터 시작되었다. 그러나 어머니인 여인은 굴속에서 살고 있었으므로, 그 절반은 굴속으로부터 비롯된다. 그걸 생각하면 동굴은 곰이 잠시 머무르던 곳을 넘어, 나머지 이야기에 더 큰 영향을 미치는 것으로도 생각할 수 있을 것이다.

단군이 태어나기 전에는 온갖 신비로운 일들이 일어나곤 하다가 정작 단군이 출생할 때가 되니 "여인이 아이를 낳고 단군왕검이라고 불렀다"라고, 짧고 건조한 문장으로 쓰여있다.

신화가 만들어지는 순서

그러나 이 이야기가 단군의 이야기인 이상, 무엇보다도 단군의 탄생이야말로 이 이야기에서 생명력이 가장 샘솟는 장면이고, 가장 중요한 장면일 것이다. 신화나 전설이란 것도 바로 이런 장면, 결말과 같은 순간으로부터 시작되곤 한다. 신화는 항상 첫 장면부터 만들어지는 게 아니라, 오히려 가장 중요한 장면부터 만들어지는 것이 아닐까?

이를테면 어떤 바위는 며느리바위라는 이름을 얻게 된다. "저 바위는 이상하게도 생겼네. 꼭 며느리처럼 생겼잖아." 그럼 왜 며느리바위가 되었는지 묻곤 한다. "그런데 왜 며느리바위라고 불리는 거야?" "며느리가 그대로 바위가 돼서 그래." "왜 며느리가 바위가 되었는데?" "벌을 받았거든." "무슨 벌?" 궁금한 것은 끝도 없이 이어지고, 그러면 사람들은 대답하기 곤란한 것들을 대답하려다, 스스로도 놀랄 만큼 그럴듯한 이야기를 만들어내기도 한다. "사실 그건 옛날에…."

신화나 전설은 여러 사건의 결과가 쌓여 만들어지는 것만은 아니다. 오히려 사건의 원인이라고 여겨지는 것들이 쌓여 신화가 되기도 한다. 이렇게 만들어진 이야기들은 오히려 구조가 대단히 치밀해서, 어떤 일 하나가 있으면 반드시 그 원인이 하나가 있다. 그렇지만 결과와 원인이라는 관계가 없어 이야기의 흐름에 크게 상관없는 내용은 대부분 빠져 있다. 그래서 한편으로는 단순하기도 하다.

단군이 태어나기까지의 이야기를 거슬러 가 보면 이렇다.

단군이 태어난다.
↓
환웅이 잠시 변하여 여인과 혼인한다.
↓
여인이 환웅에게 아이를 낳게 해달라고 빈다.
↓
여인이 짝을 구하지 못한다.
↓
곰이 삼칠일 만에 여인이 된다.
↓
곰이 쑥과 마늘을 받아 햇빛을 보지 않고 지낸다.
↓
환웅이 인간이 되기 위해 지켜야 할 금기를 말한다.
↓
곰과 호랑이[2]가 인간이 되고 싶어한다.

*호랑이의 이야기는 사건의 흐름에 별 상관이 없는 것처럼 보이나, 이 역시 중요한 이야기

단군이 태어나는 것은 환웅이 잠시 남자의 몸으로 나타나 여인과 혼인하는 장면에서 비롯된다. 그리고 그 장면의 원인을 몇 단계 거슬러 올라가면 곰과 호랑이가 쑥과 마늘을 먹으며 햇빛을 보지 않고 지내는 장면에 이른다.

단군 이야기는 엉성하지 않고 치밀하다. 또한 복잡하지 않고도 단순하다. 환인에게는 수많은 자식이 있었을 것이고, 환웅에게도 그만큼 여러 자식이 있었을 것이지만, 이야기의 흐름에는 전혀 도움이 안 되는지 모조리 빠져 있는 듯하다. 그래서인지 단군 이야기에서 필요 없는 부분이란 걸 찾기는 어렵게 느껴진다.

그것은 수많은 단군 이야기가 〈삼국유사〉로 정리되던 참에 간결 명료하게 정리된 탓일까, 아니면 단군의 탄생이라는 결과로부터, 그 결과를 이끌어낼 만한 원인이 될 수 있는 이야기를 현재로부터 가장 가까운 과거부터 하나씩 차례로 만들어냈기 때문일까?

단군이 태어나기 위해, 먼저 곰은 인간이 되어야 했다. 그렇지만 단순히 몸만 인간이 되는 것 이상의 노력과 장면들이 필

이다. 어쩌면 환웅과 잠시 혼인했을 수도 있는 두 짐승 중 하나가 빠지면서, 남은 하나가 환웅과 혼인하게 되는 것이다.

요했으리라 여겨진다. 단군이 태어나니깐 쑥과 마늘을 먹어야 하고, 굴속에서 머물렀어야 한다는 식으로 말이다. 신화나 전설이란 것은 도저히 말도 안 되고 뒤죽박죽인 것처럼 느껴지기도 한다. 거기엔 물론 수많은 이유가 있을 것이다. 그리고 그것은 때론 분명 신화가 만들어지는 과정이 복잡하기 때문이라고도 생각된다.

그런데 한편으로는 나중에 일어난 일을 반드시 설명해야 하기 때문에, 그 일이 일어난 이유를 제법 잘 짜내곤 한다. 그런 처음부터 그렇게 잘 짜인 이야기들이 있고, 어떤 이야기들은 나중에서야 덧붙여지기도 한다. 그중에는 끝까지 다듬어지지 않은 이야기들도 많이 있다. 그렇지만 나중에 문자로 다듬어질 때 쯤 되면, 어떻게든 앞뒤가 들어맞곤 한다. 굴속이라는 공간은 여인이 인간이 되고 아이를 낳기까지 그 모든 과정에 이어지는 시간이 흐르는 곳일 수도 있으며, 그렇게 본다면 굴속에서 곰은 미리부터 아이를 낳을 준비를 하는 것은 아니었을까?

신화에서 신들은 예언자로 나타나기도 한다. 신이 하는 말을 잘 들으면 하려던 일을 이루지만, 듣지 않으면 벌을 받는 이야기들이 온갖 신화에 들어있다. 환웅도 그 신 중 하나로 나온다. 그렇지만 예언자가 한 예언이 이뤄졌다기보다는 이미 일어난 사건, 예를 들면 앞서 본 '며느리바위'의 존재나, 단군이라는 인물이 탄생한 뒤, 그 모든 것들을 더욱 신비롭게 하기 위해, 앞서서 누군가가 예언했다는 과거를 만들어내기도 한다. 환웅의 말을 들어서 곰이 여인이 되었고 아이를 낳았다기보단, 환웅의 역할이란 것도 그저 어느 위대하게 여겨질 아이의 출생을 설명하기 위해 나중에 만들어진 것이었을지도 모른다.

단군 이야기에서 환웅이 하늘의 아들로 나오는 것은, 정말로 하늘에서 내려온 것이라고 생각하기는 어렵다. 그보다는 환웅이 전쟁이라든지, 다툼에서 승리하고 사람들을 지배하게 된 뒤에 만들어진 이야기라고 생각할 만하다. 그리고 단군이 환웅의 아들로 나타나는 것 또한, 단군이 고조선을 세운 뒤에서야 만들어진 이야기로 볼 수도 있다. 이것이 신화를 쓰는 방식 중 하나이기도 한데, 나중에 생겨난 일을 가지고, 그것보다 먼저 일어난 일을 찾으려는 경우가 적지 않다.

이렇게 신화는 때론, 먼저 어떤 일이 일어나 원인이 되고, 나중에 그 때문에 다른 일이 생겨나 결과가 되는 방식으로 쓰이기만 하는 것은 아니다. 오히려 원인을 만드는 일에 가까울 때도 있다.

굴속에서 보낸 시간의 의미

그렇게 생각해보면, 이 이야기에서 곰과 호랑이가 왜 동굴에서 쑥과 마늘을 먹었는지도 생각해볼 수 있다. 곰이 결국엔 아이를 낳았으니, 그전에 있던 어떤 일들도, 멀리는 심지어 굴속에 살던 것도 아이를 낳기 위한 것이라고 말이다. 환웅이 짐승들에게 햇빛을 보지 말고, 쑥과 마늘만 먹으라는 것도 아이를 낳을 준비라는 점에서 살펴보며 이해할 수도 있겠다.

환웅이 곰과 호랑이에게 하지 말라고 한 것들이 있다. 햇빛을 보지 말고 쑥과 마늘만 먹으라는 것이다. 이와 비슷하게 임신되면 지켜야 할 일들이 많으니, 환웅이 하지 말라고 한 것들을 지키는 게 임신 기간에 지켜야 할 일들과 같은 것이라는 생각도 들곤 한다.

쑥은 쓰고, 마늘은 맵게만 느껴진다. 그래서 단군 이야기는 곰과 호랑이가 쑥과 마늘을 먹을 때가 되면 굉장히 고통스러운 이야기가 되고 있다. 그렇지만 이 고통이란 것도 고정관념일 수 있다. 쑥과 마늘은 어떻게 먹느냐에 따라, 고통스럽지 않게 먹을 수 있는 음식이 되기도 한다. 오늘날에도 무턱대고 먹기보다는 먼저 한의사를 찾아가는 것이 낫겠지만, 당시에는 임신하여 입맛이 까다로워지고 먹을 것을 조심해야 하는 때도 먹을 수 있었다고 한다.

원래 쑥이나 마늘은 육식동물인 호랑이와 곰이 먹기에는 적당한 음식은 아니다. 그렇지만 호랑이와 곰은 인간이 되려고 하고, 환웅의 말을 지키면 인간이 될 수도 있다고 한다. 짐승이면서도, 짐승과 인간 사이쯤에 있는 것이다. 호랑이와 곰을 짐승이라고만 이해하기보단, 인간이 될 수 있는 짐승들로 바라볼 수 있다. 〈삼국유사〉는 물론, 그 뒤 한반도에 전해지는 이야기에는 호랑이와 곰이 잠시 둔갑하여 사람이 되는 이야기가 많이 있다.

굴속에 있으면서 햇빛을 보지 못하면 신체나 정신에 여러 문제가 생겨날 수 있다. 그렇지만 사회적인 관점에서 다르게 바라볼 수도 있을 것이다.

고대 사회에서 밖으로 나돌아다니는 것은 혼인하지 않은 남녀가 서로 정을 통할 수 있는 기회가 될 수도 있었다. 단군 이야기가 정리되기 이전부터 이런 일들이 많았는지, 〈삼국유사〉에는 혼인하기도 전에 아이가 태어나는 수많은 이야기가 있다. 물론, 당시에도 이런 행위가 사회적으로 용인되었던 분위기는 아니었다. 다소 엄격한 분위기가 있었음에도 불구하고 젊은이들은 하지 말라고 하는 것들을 어기며 큰일을 저지르곤 했던 것 같다. 그런 현실에 비해 고조선 사회에는 좀 더 엄숙한 풍속이 있었던 것 같다.

부인들은 정절을 지키고 믿음이 있어서 음란한 짓을 하지 않았다.

— 〈한서(漢書)〉 지리지

다만 고조선만이 그렇게 한 것은 아니다. 많은 사회에서는 혼인하지 않은 남녀끼리 함부로 관계 맺지 못하도록 했다. 언제, 어느 사회에서든 비슷한 법이 있었으니, 그리 특별한 것이 아닐 수도 있다. 부인들이 함부로 음란한 짓을 하지 않았다는 걸, 환웅이 동굴 밖으로 나가지 못하게 했던 것과 바로 연결지을 순 없을 것이다.

게다가 이 이야기는 고조선이 멸망한 뒤, 그곳에 살고 있던 사람들의 풍속을 다룬 기록이다. 당연히 단군이 고조선을 세웠다고 하는 무렵보다도 훨씬 더 훗날의 이야기이다. 하지만 사회 관습이나 분위기는 하루아침에 쉽게 생겨나거나 하진 않는다. 아마도 고조선 사회에는 멸망 이전부터 그런 분위기가 있었을 것으로 생각되며, 〈한서〉 지리지에도 기록될 만큼 다른 지역, 그러니깐 동굴이나 움집에 거주한다는 이유로 무질

서하게 묘사된 다른 사회보다는 좀 더 엄격한 분위기가 있던 것으로 보여, 고조선이 어떤 사회였는지 알아가는 데 참고할 만하다.

환웅이 이런 법을 만들었든, 단군이 만들었든, 그것도 아니면 더 나중에 다른 왕이 실제로 이런 법을 만들었는지는 알 수 없다. 그렇지만 환웅이 곰과 호랑이를 동굴 밖으로 나가지 못하게 한 것이 임신의 문제라면, 이것과도 아주 작은 관련은 있어 보인다.

그리고, 동굴 속에서 쑥과 마늘을 먹도록 하는 것을 임신과 관련지어 볼 수 있듯, 호랑이라는 존재에 관해서도 한 가지 추측을 해 볼 수 있다. 호랑이도 인간이 되었다면 아마 여자가 되었을 것이다. 단군 이야기를 쓴 사람들은 곰과 호랑이가 아무리 종이 다르다고 하더라도, 나중에 환웅과 혼인하게 되는 곰을 함부로 수컷 짐승과 한 굴에 두진 않았을 것이다.

곰과 호랑이는 굴속에 살며 인간이 되길 빌었다고 하는데, 그들의 주요 활동 공간이 굴속이었음을 알 수 있다. 그런데 이곳에 환웅이 방문한다. 음의 세계를 상징하는 굴속의 곰과 호랑이, 그리고 양의 세계를 상징하는, 하늘에서 내려와 바깥세상을 다스리는 환웅이 만난다는 것은, 어떤 성적인 결합의 은유일까?

훗날 출산을 위하여

사람들은 임신을 전후하여 몸과 마음을 깨끗이 해서, 악귀가 끼지 않도록 했다. 오늘날에도 사람들이 미신을 많이 갖고 있는데, 임신과 관련해서는 더더욱 그런 것들이 많다. 하물며 단군 이야기가 쓰였던 때는 악귀를 더더욱 무서워했을 것이다.

이때 환웅의 역할을 다시 한 번 생각해 볼 수도 있다. 환웅은 하늘에서 내려왔다고 한다. 그리고 옛 지배자들은 하늘에 제사를 지내는 게 큰일이었다. 제사를 지내고, 악귀를 쫓아내는 역할을 하기도 했다. 환웅이 준 쑥과 마늘이란 것은 임산부와 태아를 해치는 악귀로 여겨지는 병균, 벌레를 쫓아내는 것이라고도 생각할 수 있겠다.

주술적인 측면에서 바라볼 때, 옛사람들은 자기가 바라는 행동을 모방하거나 하여 바라는 것을 이루고자 했다. 악귀를 그려 놓거나 악귀의 분장을 하곤, 그것을 죽이는 흉내를 내거나 악귀 역할을 맡은 것을 실제로 죽여 악귀를 물리치려 하기도 하는 행동이 행해졌던 것과 유사하다.

쑥과 마늘로 인형을 만들어 악귀를 쫓으려 했던 것은 여러 기록에도 남아 있다. 중국의 송나라 때 수도 개봉에 살던 사람들은 단오가 되면 흙을 빚어 도교의 전설적 인물인 장천사의 인형을 만들었다고 한다. 이때 쑥은 수염이 되고, 마늘은 주먹으로 만들었다고 한다.

단오는 여러 가지 민속놀이가 많이 행해지는 등, 마치 축제 날처럼 여겨지기도 하나 그 이면에는 계절이 바뀌어 사람들이 병들고 쇠약해지기 쉬우니 이를 피하고자 하는 의도가 컸던 것으로 보인다. 원래는 불길하고 어두웠던 날을, 애써 떠들썩한 축제와 화려한 볼거리로 잊어버리려고 했던 것이다.

이때 쑥과 마늘은 약재로 쓰여 질병을 막고, 그 강한 향기로 벌레를 물리치는 데 쓰이곤 했으니, 단옷날 분위기에도 잘 들어맞는다. 한반도에서도 사람들은 단오를 맞아 인형으로 만들곤 했다. 단군 이야기가 등장할 무렵인 고려시대는 물론 조선시대에도 단오는 큰 행사 중 하나였다. 조선 성종(재위 1469~1495)은 단오를 맞아 "액막이로 쑥 인형을 천 개마다 내걸고"라며 형을 위해 시를 짓기도 했다.

그런데 단오날의 쑥인형 중에는 쑥호랑이가 널리 유행했다. 쑥으로 호랑이를 만들면 그것이 악귀를 더욱 효과적으로 물리쳐 줄 것으로 생각한 것이다. 호랑이가 한편으로는 사악한 것을 내쫓는다고 하니, 인형을 만든다면 호랑이 인형이 제격이었을 것이다. 굴속에서 곰과 호랑이가 쑥과 마늘을 뜯으며 지낸 시기도 어쩌면 단오가 아니었을까?

병들어 죽기 쉬운 위험한 날을 안전하게 보내길 기다렸다가, 단오가 끝나면 안심하고 아이를 낳을 수 있도록 하는 과정이었을지도 모른다.

그밖에 굴속에서 곰과 호랑이가 지낸다는 것에서, 간절히 바라는 행위가 이뤄지길 바랐다고 상상해볼 수도 있다. 예를 들어, 시신을 구부려 제사 지내는 굴장屈葬의 의미에 관해서는 수많은 해석이 있는데, 여기에는 마치 죽은 이들이 저승에서 태아가 되어 다시 살아날 수 있도록 했다는 이야기가 있다. 곡옥曲玉이 태아를 형상화하여 생명력과 다산을 상징한다는 것도 비슷한 생각에서 나온 듯하다.

굴속처럼 어두운 곳에서 살아간다는 것은, 마치 태아가 어머니의 뱃속에서 자라는 것과도 유사한 모습이기도 하다. 그러다 굴속에서 지내면서 밖으로 나와 비로소 햇빛을 보는 행위는, 아이가 마침내 세상에 나오는 행위와도 연결할 수 있으리라 생각할 수 있다. 물론, 짐승이었던 여인이 인간으로 다시 태어난다는 발상이 연상되기도 한다. 굴속이라는 공간과 쑥과 마늘이라는 사물은, 아이를 얻는다는 것과 이를 위한 그 모든 노력과 시도를 상징하는 것으로 보이기도 한다.

13. 호랑이는 왜 사람이 되지 못했을까

반구대 암각화의 호랑이(선사 시대), ⓒWikipedia

굴속에 살면서 인간이 되고 싶다던 곰과 호랑이가 있었다. 혹은 인간 세상에서는 별난 녀석들로 여겨졌던 사람들인지도 모른다. 호랑이는 물론 곰 또한 동아시아에서 가장 사나운 짐승이었던 만큼, 이들은 환웅이 인간 세상에 내려오고 나서도 여전히 야성을 지니고 있었던 것으로 보인다. 그런데 곰만 사람이 되고, 호랑이는 사람이 되지 못한 것은 무엇 때문일까?

왜 한 마리만 인간이 되었을까

환웅이 지상으로 내려온 것은 서자라는 지위와도 관련 있는 것으로 보인다. 그리고 서자는 그 어머니의 지위에서부터 비롯된다. 옛 사회에서야 부인이 여럿일 수도 있었지만, 부인들 사이에는 서열이 있어서 정식 부인과 그렇지 않은 부인으로 나뉘었다. 그리고 정식 부인 사이에서 낳은 아들들이 권력을 물려받았다. 그러므로 정식 부인의 자리를 차지하는 것은 중대한 문제였다.

고조선에 관한 역사 기록들은 대단히 적어서, 부인들끼리 서로 다퉜다거나 하는 기록은 없다. 그렇지만 좀 더 많은 기록이 남아 있는 부여, 고구려, 백제와 신라에선 정식 부인의 자리를 두고 치열한 다툼이 벌어졌다.

부여의 풍습에서는 투기가 심한 부인을 미워하여 혹독하게 처벌했다. 이를 두고 남성 중심적이라는 해석도 할 수 있지만, 그만큼 부여 사회에서는 부인들 간의 다툼이 심했다는 것을 의미한다. 고구려의 유리왕(재위 기원전 19~서기 18)은 부인들의 다툼으로 한 부인을 잃은 뒤 〈황조가〉를 지었고, 대무신왕(재위 18~44)의 아들이라고 전해지는 호동은 계모에게 모함을 받아 자결했다고 한다.

부인들의 싸움은 옛이야기에서 빼놓을 수 없는 주제였다. 호랑이와 곰은 같은 굴속에 살고 있었고, 둘 다 인간이 되려했다. 서로 족속은 다르지만, 그 점에서 봤을 때는 두 짐승은 무척 닮았다. 이들이 어쩌면 맞이할 수도 있었던 운명 또한 같은 것이 아니었을까?

환웅은 곰과 호랑이에게 금기를 지키도록 했다. 쑥과 마늘을 먹을 것과, 밖으로 나가지 말라는 것이었다. 그리고 두 짐승이 과연 금기를 지킬 수 있는지 살펴보도록 했다. 그 뒤 호랑이가 나가떨어지고, 곰이 여인이 되어 환웅과 잠시 혼인하게 되고, 아들까지 낳는다. 결말이 이렇게 되면, 곰과 호랑이의 이야기는 두 짐승을 마치 경쟁이라도 시킨 것처럼 이해된다. 금기를 지킬 수 있느냐에 따라 두 짐승 중 하나는 탈락하거나 선발되는 것이다. 그리고 그 끝에 곰이 여인이 되었다.

원래 이 이야기는 경쟁의 이야기가 아니었다. 그렇지만 한 마리만이 남는 내용이 되었고, 경쟁이 같은 자리를 두고 다투는 것이라고 한다면, 곰이 아닌 호랑이가 인간이 되었을 수도 있었다. 만약 호랑이가 인간이 되었다면, 아마도 곰과 마찬가지로 여인이 되었을 것이다. 그러나 호랑이는 금기를 어겼고, 환웅과 혼인하지도 못했다. 아마도 호랑이는 경쟁에서 밀려났거나, 환웅이 생각하기로는 혼인할만한 상대가 아니었던 것일까?

호랑이는 왜 사냥당했을까

사람들은 곰과 호랑이 모두 사나운 짐승으로 생각했지만,

그중에서도 호랑이를 좀 더 무섭게 생각한 것 같다. 〈삼국사기〉에는 신라의 군사 제도에 관한 기록이 남아 있는데, 군대 깃발 중에서는 호랑이의 가죽이나 꼬리를 단 것이 곰의 가죽이나 꼬리를 단 것보다도 격이 높은 것이었다. 일연이 〈삼국유사〉에서 단군 이야기를 정리할 즈음엔 호랑이가 더 성질이 급하고 사나운 동물로 여겨졌던 것 같다. 그 때문이었는지, 호랑이는 환웅이 말한 금기를 지키지 못한 것으로 묘사된다. 고려 말에 살았던 경주 사람 이달충(1309~1384)은 시를 지어 "호랑이의 위엄을 빌리니 곰들이 벌벌 떨고"라고 했는데, 그는 곰보다는 호랑이가 더 위엄이 있고 강한 짐승이라고 보았을 것이다.

그러나 호랑이는 사람까지도 공격했다. 〈삼국사기〉와 〈고려사〉 등 역사서에는 호랑이가 민간으로 내려와 사람들을 해치고, 심지어는 궁궐을 습격했던 기록이 남아 있다. 〈삼국유사〉에도 호랑이가 인간으로 둔갑해 사람들 속에 숨어들기도 하고, 호랑이를 잡은 사람은 크게 출세했다는 하는 이야기가 나왔던 것을 보면, 이른 시기부터 호환虎患은 심각한 사회 문제가 되었을 것이다.

사람들이 호랑이나 곰에게 죽거나 다치면 민심은 크게 흉흉해졌다. 얼른 이것을 추스르는 것이 권력을 유지하기 위해서도 중요했기에, 권력자들은 곰과 호랑이를 잡는 데도 많은 신경을 쓴 것으로 보인다. 이 때문에 주기적으로 사냥을 벌여 곰과 호랑이를 위협하는 한편, 죽여서 개체 수를 조절할 필요가 생겨났을 것이다.

고대로부터 사람들은 국가 차원에서 대규모 사냥을 벌이지기도 했다. 부여에서는 음력 12월에 '영고'라는 국가 제사를 지냈는데, 그 규모가 컸던 것을 보면 제물이나 먹을 것을 마련하기 위해서라도 사냥은 중요한 행사였을 것이다. 〈삼국사기〉에 따르면 주몽은 젊은 나날을 동부여에서 보냈다. 당시 주몽은 활을 잘 쏘기로 이름이 높았는데, 왕자들보다도 훨씬 뛰어났다고 한다. 그래서 대소 왕자 등은 미리 주몽을 없애려 했다. 주몽은 주로 사냥을 통해 실력을 발휘한 것 같다.

언젠가 주몽은 들판에서 사냥할 때, 적은 화살을 가지고도 많은 짐승을 잡았는데, 이어지는 기록에서는 왕자와 여러 신하가 주몽을 죽이려고 재차 모의하는 내용이 나온다. 아마도 오랜만에 사냥에서 실력 발휘를 한 것이 결정적인 계기였던 것 같다. 이는 주몽의 비범함과 그에 따르는 위기를 나타내는 이야기였지만, 한편으로는 사냥에서 얼마나 치열한 경쟁이 벌어졌으며, 여기서 크게 실력을 발휘한 사람은 권력자들의 견

제를 받을 정도였다고 생각해 볼 수 있다

주몽은 이를 계기로 동부여에서 도망쳤고, 졸본 땅에 고구려를 세웠다. 고구려에서는 음력 10월이 되면 하늘과 동굴의 신에게 제사를 지내고 연회를 베풀던 '동맹'이라는 행사가 있었다고 한다. 이때도 마찬가지로 사냥이 크게 벌어졌으리라고 생각해볼 수 있다.

고구려의 사냥에 관한 좀 더 자세한 기록은 〈삼국사기〉의 온달 열전에 전해진다. 고구려는 매년 봄 음력 3월 3일에는 따로 국가 차원에서 사냥을 하고, 이때 잡은 짐승들로 하늘 등에 제사를 지냈다고 한다. 이 대규모 사냥이 열리는 날엔 여러 신하와 군사들은 물론 왕도 직접 사냥하러 나섰다. 사냥은 대회처럼 열린 것 같다. 온달은 한때는 바보 소릴 듣다가 평강공주랑 혼인한 뒤로 점점 사람이 달라셨는데, 이 사냥에서 가장 앞장서 달리고, 사냥감도 가장 많이 잡아서 왕이 눈여겨볼 정도였다고 한다. 이 이야기를 통해 국가 차원에서 사냥 대회를 열었음은 물론, 이를 통해 입신양명을 노리는 인물들이 적지 않았음을 짐작할 수 있을 것이다.

주몽이 젊은 시절을 보낸 부여나, 온달이 살던 고구려는 산이 많은 나라였으므로, 산짐승들이 번식하기 좋은 환경이었던 것으로 보인다. 한편으론 곰이나 호랑이 같은 맹수들도 늘어나, 마을 사람들을 해치는 일도 자주 일어났을 것이다.

사냥에는 제사, 군사 훈련 같은 목적도 있었다. 그렇지만 가장 직접적으로는 짐승을 잡는 일이다. 국가 차원의 사냥이란 그야말로 짐승들을 대규모로 잡아들이는 것이었다. 이때는 당연히 곰이나 호랑이 같은 맹수들을 잡는 것을 귀하게 여겼을 것이다.

사냥을 피해 쫓겨난 짐승들은 결국에는 굴속으로 밀려난다. 그러면 사람들은 굴을 에워싸고 다시 나오기를 기다렸다가 잡아 죽이곤 했다. 단군 이야기에서 곰과 호랑이가 굴속에서 쑥과 마늘만 먹던 장면에는, 사나운 짐승들을 꼼짝달싹 못하게 에워싸고 사냥하는 모습이 담겨 있었을지 모른다. 쑥과 마늘은 악귀를 쫓아내는 것으로 쓰이기도 하지만, 맹수를 쫓아내는 데도 쓰일 수 있다. 사람들은 이것을 태워 독한 냄새나 연기를 굴속으로 날려 보내고 곰과 호랑이를 잡았던 것이 아닐까?

호랑이는 왜 금기를 깼을까

앞에서 살펴본 '쑥과 마늘, 둘 중에 하나만 먹어라'는, 단군 이야기에 나온 그대로 호랑이와 곰이 인간이 되려고 채소와 마늘을 순순히 받아들였다고 생각하면서 상상해 보는 이야기였다. 그렇지만 반대로, 쑥과 마늘이 매워서 도저히 못 먹겠다며 고통스러워하는 짐승들이 생각나기도 한다. 그리고 호랑이는 환웅이 말한 금기를 지키지 못했다고 한다.

신화나 전설에서는 사람이 동물로, 동물이 사람이 변하기도 하는 한편, 이쪽에서 했던 것을 반대로 다른 쪽에서 한 것으로 이야기하기도 한다. 가끔 역사서나 비문에서도 한 나라가 다른 나라나 부족을 정복한 것을 종종 "스스로 와서 섬기겠다고 했다"든지, "나라를 양보했다"고 하기도 한다. 이러한 문장은 싸움이 별 피해 없이 간단히 끝나버린 것이나, 한쪽이 겁을 먹고 얼른 항복해버린 것을 뜻하는 것이지만, 정복의 이야기로 이해할 수 있다. 곰과 호랑이가 스스로 인간이 되길 원했다는 말 역시, 원래는 줄거리가 반대로, 환웅의 정복 이야기가 아니었을까?

정복이나 침략이라고 하는 건, 아무래도 정복당한 자들이 원래 살던 대로 사는 것을 내버려두지 않겠다는 것이다. 그것은 곧 정복 지역의 생활 방식을 바꾸는 일이기도 했다.

환웅이 인간 세상에 내려와서 다스리던 사람들과는 달리,

곰과 호랑이는 별개의 종으로 별도의 구역에서 살아가고 있었다. 그 점에서 볼 때, 그 사회에 원래부터 있던 노비들이라든지 하는 부자유민으로도 보인다. 만약 그렇다고 한다면, 환웅이 인간 세상을 정복하여 지배할 때는 이미 이들 노비, 부자유민들도 자연스럽게 정복되었을 것이다. 그런데 기존에 이들을 속박하던 권력보다 더 강하고 철저한 환웅의 권력이 등장하고, 한편으로는 환웅이 이끌고 온 대규모의 무리가 자리잡는 등 사회·경제적으로 큰 변화가 일어났다. 그때문에 노비, 부자유민들의 처지는 더욱 악화되었을 것이다. 이밖에도 곰과 호랑이는 환웅이 인간 세상을 정복할 때, 더 오랫동안 저항했던 사람들이 아닐까 하는 생각도 든다.

환웅이 준 쑥과 마늘은, 환웅과 그 무리에게는 이미 익숙한 생활 방식이었을 것이다. 그러나 인간 세상을 정복한 뒤에는 자신들의 생활 방식을 정복지에 강요했으리라 생각된다. 단군 이야기를 쓴 사람들은, 인간 세상으로 내려온 환웅이 인간의 3백60여 가지 일을 맡아 세상을 다스렸다고 한다. 이 말에는 아마도 과장이 있을 것이다. 하지만 원래는 그렇게까지 복잡한 사회는 아닌 것이, 환웅의 지배를 받게 되면서 과정에서 사회의 질서가 크게 바뀌고, 더 복잡해졌다는 내용으로 보인다.

한편으로는 곰과 호랑이는 인간 세상이라 불리던 곳과는 또 다른 부족이었던 것으로도 보인다. 환웅은 먼저 인간 세상을 정복하고 나서 곰과 호랑이를 정복하러 갔고, 사회·경제적 변화도 인간 세상보다는 나중에 찾아왔을 것이다.

그런데 이러한 정복 신화가 뒷사람들에게 전해지고, 바뀌고 더해지고 빠지다 보면, 그래서 주변 부족 사람들의 존재는 어느덧 이야기 속에서는 곰, 호랑이 같은 것이 되어버렸을지도 모른다. 이야기가 그쯤 변하면, 곰이나 호랑이가 등장할 때 아무래도 사회 질서라든지, 법이라든지 하는 말들은 어울리지 않는다. 거기에 알맞게 쑥이나 마늘 같은 말들로 얼버무리게 되지 않았을까?

환웅은 이들에게 백일 동안 동굴 속에 틀어박혀 있으면서 쑥과 마늘만 먹으라고 했다. '쑥과 마늘'은 인간의 음식이었다. 그러나 호랑이와 곰은 다른 짐승, 때론 사람의 고기를 먹고 산다. 곰과 호랑이는 스스로 쑥과 마늘을 먹었지만, 애초에 환웅은 맹수에게 못 먹을 것을 먹인 것이다. 도저히 먹을 만한 것이 아닌데도 먹었다는 것을 과연 자발적이었다고 할 수 있을까?

곰과 호랑이에게 쑥과 마늘만 먹게 한 것은 고기를 먹지 못하게 한 것이고, 동굴 밖으로 못 나가게 한 것은 생활 공간을 제약한 것이라는 점에서 보면 어떤 일을 강제하고 금지한다는 것이나 마찬가지였다.

그래서 환웅이 곰과 호랑이에게 말한 금기라는 것은, 정복된 이들에게 각박한 삶, 또는 그들이 아직 겪어보지 못한 생활 양식을 강요한 것으로도 보인다. 단군 신화에는 마치 곰과 호랑이가 제 발로 고통을 받아들인 것처럼 되어 있지만, 이것은 환웅 집단이 정복된 이들을 무리하게 길들이거나 제거하는 과정으로도 이해할 수 있다.

훗날 한나라는 고조선을 정복한 뒤, 그곳에 낙랑군 등을 설치하고는 사람들을 다스렸다. 관련 기록을 통해 전쟁과 정복 이후에는 사회 질서가 크게 바뀐 것을 확인할 수 있다. 단군 이야기에는 이런 변화가 드러나 있지 않으므로, 좀 더 훗날의 기록을 통해서나마 유추해볼 수도 있다.

낙랑군의 옛 고조선 백성들에게는 법으로 금지하는 여덟 가지가 있었다. 남을 죽인 사람은 바로 죽인다. 남을 다치게 하면 곡식으로 갚는다. 남의 물건을 도둑질한 사람은 도둑맞은 집의 노비로 삼는다. 노비에서 풀려나려면 한 사람 당 50만(전)을 내야 한다. 비록 죄를 사면받아 다시 백성이 된다고 해도 풍속에서는 여전히 이런 사람을 꺼려 해 결혼하려고 할 때 짝하려는 자가 없었다. 이 때문에 그곳 백성들은 끝내 도둑질하지 않게 되어 대문을 닫지도 않았다. 부인들은 정절을 지키고 믿음이 있어 음란 한 짓을 하지 않았다.

낙랑군은 처음엔 요동 사람 중에서 옛 고조선 땅의 관리를 뽑았다. 관리 들은 옛 고조선 백성들이 곳간 문도 닫지 않는 걸 보고, 상인들이 오면서 밤이 되면 도둑질을 하니 풍속이 점점 야박해졌다. 그래서 지금은 법으 로 금지하는 것이 늘어나 60여 가지나 된다.

— 〈한서〉 지리지

환웅은 곰과 호랑이를 정복한 뒤, 이제껏 그들이 살아온 방 식과는 도저히 맞지 않고, 더 복잡한 방식으로 다스리려 한 것으로 보인다. 그리고 환웅의 통치는 마치 쑥과 마늘의 맛처 럼 쓰고, 매웠을 것이다.

곰과 호랑이는 밖으로 나가 먹이를 잡지 않고 동굴속에서 만 지낸다면 오래 버틸 수 없다. 환웅이 곰과 호랑이를 동굴 로 몰아넣은 것은 한편으론 죽음으로 몰아넣는다는 뜻이었 을지도 모른다. 그런데 이러한 현실은 호랑이에게 더욱 불리 했다.

신화나 전설은 물론 현실에서 곰보다는 호랑이가 더 사납다고 하는 것은, 두 짐승의 식성의 차이를 반영하기도 한다. 잡식성으로 어느 정도는 채소도 종종 먹곤 하는 곰과는 달리, 호랑이는 육식 동물이다. 그런데 곰과 호랑이에게 모두 사람이나 먹는 쑥과 마늘을 먹게 했다. 호랑이는 참을성이 없고, 곰은 침착하다곤 하지만 호랑이가 버티지 못한 건, 성질이 사나워서라고만 할 수 없다. 처음부터 호랑이에게 더욱더 가혹한 조건이었다.

신화에 금기가 나오면, 누군가는 지키지 않는 사람이 등장한다. 곰은 환웅과 잠시나마 혼인할 것이므로, 그 불운한 운명을 피해갔다. 그러나 호랑이는 금기를 지키지 못했기 때문에, 결국 인간이 되지 못했다고 한다.

신화에서 금기를 지키지 못했다는 말에는 무한한 가능성이 있다. 호랑이는 결국 인간이 되지 못한 채 계속 호랑이로 계속 살아가야만 했다면, 그나마 나은 결말일 것이다. 또한 여기에는 단순히 환웅이 호랑이를 다스리지 못했다는 것에서부터, 호랑이가 못 견디고 탈주해 버렸을 수도 있다. 그러나 다소 어두운 상상을 해볼 수도 있다. 호랑이는 적어도 환웅이 다스리는 인간 세상의 일원으로 받아들여지지 못했거나 추방당했다. 쑥과 마늘을 먹어야 하는 환경을 견디지 못하고 먼저 죽어 버렸거나, 저항이 심하다고 하여 환웅이 제거해 버린 다음, 호랑이는 금기를 어겼다는 이야기로 처리된 것은 아닐까?

14. 단군은 왜 곰에게서 태어났을까

금동 곰모양 상다리(낙랑군 시기), ©국립중앙박물관

단군 이야기는 일연이 쓴 〈삼국유사〉, 그리고 이보다는 조금 늦게 이승휴가 쓴 〈제왕운기〉에 모두 전해지고 있다. 그런데 일연이나 〈삼국유사〉는 제법 유명하여 잘 알려져 있는 데 반해, 이승휴나 〈제왕운기〉는 거의 알려지지 않았다.

이승휴는 오늘날의 강원도 삼척시에 있는 두타산 삼화사에서 〈제왕운기〉를 썼다고 전해진다. 그래서인지 강원도 삼척시에서는 이승휴를 '민족의 스승'으로 끌어올리려 했지만 그다지 신통치는 않아 보인다. 아직도 단군 이야기는 〈삼국유사〉에만 있는 것처럼 생각되는 경우가 많고, 그래서 단군도 곰이 낳았다고 여겨지고 있다.

사람들은 곰이 여인이 되어 단군을 낳았다는 이야기에 여러 반응을 보이곤 한다. 그걸 좋아하는 사람들은 곰을 좀 더 친근하고도 특별한 동물로 생각하기도 하고, 거꾸로 곰인형 등 미디어가 만들어내는 온갖 이미지에 익숙해진 탓에 단군 이야기에 나오는 곰에게 호감을 드러내기도 한다. 또는 그저 신화라며 별 상관 없이 여기는 일이 있는가 하면, 나라의 시조가 곰에서 나왔다는 이야기가 도대체 말이 되느냐고 화를 내는 사람들도 있다.

물론 어느 쪽이든, 단군을 낳은 여인을 '증조할머니'라곤 부르지 않는다. 환웅을 '증조할아버지'라고 부르지 않는 것과 마찬가지인 듯하지만, 조금은 달라 보인다. '할아버지'란 말은 단군에서 끝나고 만다. 사람들이 그만큼 단군을 크게 생각해서 그럴 수도 있을 것이다. 그런데 한편으로는 곰을 그저 신기한 대상 정도로는 여길 뿐, 조상으로 부르기를 꺼렸는지도 모르겠다.

인간과 짐승의 이야기는 왜 비극으로 끝날까

〈삼국유사〉의 세계관에서는 적어도 인간과 호랑이의 결합이 가능했다. 귀족 청년 김현은 어느 처녀와 정을 통하게 됐는데, 처녀의 정체는 호랑이였다. 호랑이 처녀는 김현이 자기 집에 찾아오는 것을 부끄럽게 여겨 어떻게든 김현을 돌려보내려 했다. 기어이 김현이 따라왔을 때, 집안에 있던 어느 노파가 둘이 맺어진 것이 "좋은 일이나 차라리 없던 일만 못하다"라고 했다. 그리고 처녀가 호랑이였다는 것이 밝혀진다.

그 뒤 처녀는 살생을 저질러 천벌을 받아 죽을 운명이 된 오빠들을 대신하겠다고 한다. 그러면서 자신은 곧 죽을 테니, 호랑이로 나타나 김현의 손에 죽겠다고 했다. 그렇게 하면 김현은 큰 공을 세울 수 있다는 것이다. 그때 호랑이 처녀는 "천첩은 낭군같이 사람은 아니지만 하루 저녁의 즐거움을 나눌 수 있었으니 그 의리는 부부의 연을 맺은 것만큼이나 무겁습니다"라고 했다. 김현의 생각도 이와 비슷했다. 김현은 "사람이 사람과 사귀는 것은 떳떳한 도리인데, 사람이 아닌 것과 사귀는 건 예삿일이 아니오. 그러나 일이 이렇게 되었으니 참으로 천행이 많은 것인데, 어찌 차마 배필의 죽음을 팔아서 일세의 벼슬을 바라겠소?"라고 했다.

김현은 호랑이 처녀와 끝내 맺어지지 못했음을 슬퍼했다. 그러나 한편으로는 두 사람은 서로 애틋하긴 했지만, 애초부터 자신들의 관계는 정상적이지 않다고 여기고 있었다. 김현 자신은 물론 호랑이 처녀마저도 받아들이기 어려울 만큼, 사람과 짐승의 결합은 꺼림칙한 일이었던 것 같다.

인간과 곰의 결합 역시 비슷한 결말을 맞이한다. 충남 공주
는 한때 웅진(熊津, 곰나루)이라고 불렸는데, 이름의 유래가 전
설로 내려오고 있다. 암컷 곰이 청년을 납치해서 동굴에 가둬
놓고는 새끼까지 낳고 살다, 청년이 도망쳐버리자 삶을 비관
하여 새끼들을 금강에 빠뜨려 죽이고는 자신도 죽어버렸다는
것이다.

인간이 짐승과 결합하는 이야기는 꺼림칙하게 여겨질 뿐만
아니라, 어떻게든 비극으로 끝나버리고 만다. 서로 맺어지려
하다가도 정체가 탄로 날 땐 결국 파국을 맞이한다. 특히나
호랑이나 곰은 사람을 해칠 수 있는 짐승들로, 사람과 끝내
서로 가까워질 수 없었다. 실제로도 둘 사이 결합이 불가능하
겠지만, 사람들이 굳이 이야기를 비극적인 결말로 만든 걸 보
면 여기에는 어떻게든 인간과 짐승을 떼어놓고 싶어하는 사람
들의 심성이 담겨있는 듯하다.

일연은 〈삼국유사〉에서 단군 이야기를 정리할 때 다소 당
혹스러웠을 것이다. 일연이 고조선에 관하여 적어도 네 종류
의 기록을 참고했다고 하는데, 그중에서 〈고기〉에 나온 기록
이 가장 풍부했다. 그렇지만 거기서는 환웅이 곰이었던 여인

과 결합하여 단군을 낳았다고 한다.

〈삼국유사〉가 쓰일 무렵은 단군이 이제 막 국가의 시조로 자리매김하려는 중대한 시기였다. 그런데 어쩌면 가장 신성해야 할지도 모를 이 이야기에는 단군은 물론 그 아버지도 서자라는 이야기가 있는가 하면, 단군은 한때는 곰이었던 여인에게서 태어났다는 이야기가 있다.

짐승과의 결합이 부끄럽게 여겨지지만, 다른 한편으로는 단군마저도 짐승이었던 여인에게서 태어났다는 이야기가 동시에 존재했다. 다소 부끄러운 이야기라도 해도 그대로 담는 것을 중요하다고 느낀 것인지, 아니면 그건 별문제가 되지 않는다고 생각한 것인지, 일연은 결국 곰의 이야기를 다루기로 했다. 그리고 그 이야기는 다행히도 남아 우리에게 가장 잘 알려진 단군 이야기가 되었다.

그런데 이승휴가 〈제왕운기〉 하권에서 노래한 또 다른 단군 이야기에는 곰 이야기는 나오지 않는다.

곰은 왜 단군 이야기에서 빠졌을까

단웅천왕은 자기 손녀에게 약을 먹고 사람이 되게 한 다음에 신단수 나무 신과 혼인하게 했다. 그 뒤 남자아이가 태어났다. 아이의 이름을 단군이라고 지었다.

— 〈제왕운기〉 하권

이승휴의 〈제왕운기〉에는 곰 대신에는 단웅천왕(환웅)의 손녀, 신단수 나무 신이 나오고 있다. 물론, 단군 이야기와 다른 데는 여러 가지 이야기가 있을 수 있다.

먼저 생각해 볼 수 있는 것은, 일연과 이승휴가 각각 다른 삶을 살았고, 서로 다른 곳에서 활동했기 때문일 것이다. 승려로서 일연은 불교의 세계관에 깊이 심취했으며, 이승휴는 과거를 통해 관리가 되어 유교를 기준으로 세상을 바라보았다. 몽골과의 전쟁이 끝난 뒤 두 사람은 얼마 동안 수도에서 지냈던 적도 있었지만, 이윽고 각자 다른 곳으로 떠났다. 일연은 경상도의 군위로 가서 〈삼국유사〉를 썼다. 그리고 이승휴는 강원도 삼척으로 가서 〈제왕운기〉를 썼다. 서로 다른 사람들이 각자 단군 이야기를 쓰다 보니, 두 이야기가 다른 부분이 생겨난 것 같다. 그들이 단군 이야기를 쓸 때 참고한 책들도 달랐다. 일연은 〈위서〉, 〈고기〉, 당나라의 〈배구전〉을 봤고, 이승휴는 〈본기〉를 봤다고 한다. 그런데 곰은 어디로 가버렸을까?

이승휴는 〈제왕운기〉 상권에서 중국의 역사를 노래하면서 본받을만한 일들과 경계할만한 일들을 썼다고 했다. 그러나 〈제왕운기〉 하권 첫머리에서는 글의 초점을 좀 더 다른 곳에 맞춘 듯하다. "말도 안 되는 말들은 빼고, 이치에 맞는 말들을 가져다 썼다"고 했다. 곰 이야기만큼은 이상해서 도저히 못 쓰겠다는 말일까?

이승휴는 위와 같이 쓴 뒤에 곧장 단군 이야기를 이어서 썼다. 그는 단군 이야기와 관련하여 〈본기〉라는 기록만을 언급하고 있는데, 아마도 일연이 〈삼국유사〉를 쓸 때 본 여러 기록을 의도적으로 피한 것처럼 느껴진다. 그 결과, 〈제왕운기〉에서는 곰 대신 환웅의 손녀와, 신단수 나무 사이에서 단군이 나왔다. 단군이 곰에게 태어나는 것보다는 나무의 신에게서 나오는 것이 더 낫다고 여겨서일까?

곰은 어떻게 단군을 낳을 수 있었을까

고조선의 시조가 곰의 아들로 태어난 데는, 아무래도 여러 가지 이유가 있을 것이다. 우리가 보기에는 곰이 여인이 되어 아이를 낳는다는 건 신기한 일이지만, 신화의 세계에서는 흔히 나오는 이야기이기도 하다. 특히, 나라를 세운 시조가 태어날 때는 신기한 일들이 일어났다는 전설이 많이 있다. 일연도 그런 점을 생각한 것 같다.

제왕이 일어나려고 할 때는 … 복희 임금 때는 황하에서 말이 그림을 가
지고 나왔고, 우 임금 때는 낙수에서 거북이가 글을 가지고 나와서 성인
이 될 수 있었다. 무지개가 신모를 둘러싸자 복희 임금이 태어났고, 용은
여등에게 이끌려서 염제 임금을 낳았다. 황아는 궁상 들판에서 거닐다가
백제(白帝) 임금의 아들이라고 하는 신동과 서로 정을 통해 소호 임금을
낳았다. 간적은 검은 새가 떨어뜨린 알을 삼켜서 설을 낳았고, 강원은 거
인의 발자국을 밟고는 기를 낳았다. 요 임금은 임신 14개월 만에 태어났
고, 용이 대택 연못에서 여인과 합쳐져 한나라 고조를 낳았다.

— <삼국유사> 머리말

일연은 옛 나라의 시조들이 신비롭게 태어난 것은 이상한
일이라고만 할 수 없다고 이야기했다. 시조에게는 이런 탄생
이 알맞다는 것이다. 그리고 많은 동물 중에 개나 돼지가 아
닌 곰에게서 태어난 것은, 앞서 굴속에 곰과 호랑이가 살았다
는 것처럼 곰이 자주 볼 수 있고, 두려우면서도 그나마 신성
한 동물이라는 생각이 있었기 때문으로도 보인다.

단군이 동물에게서 태어났다고 설정된 것이 이상하게 느껴

지기도 한다. 그렇지만 단군을 일부러 깎아내리려고 이렇게 만든 것 같지는 않다. 앞서 이야기한 것처럼, 고대 신화와 전설 속의 수많은 제왕 중에서는 평범하거나 정상이라고는 할 수 없는 방식으로 태어난 사람들이 많다. 이것을 뒤집어 본다면, 단군이 곰에게 태어났다는 이야기는, 신화가 만들어질 때 이런 이야기가 유행했다는 것이고, 이제껏 시조의 이야기로는 이런 이야기가 정상이기도 했다. 그러나 그 뒤의 사람들은 지나치게 합리적이지 않다고 생각되는 부분을 제거하려 했는지, 조선 시대에 이르면 〈삼국유사〉의 곰 이야기는 한동안 단군 이야기에서 계승되지 못했다.

15. 단군은 몇 번째 아이였을까

청동 곰모양 장식(낙랑군 시기), ⓒ국립중앙박물관

곰은 여인이 되고 나서 환웅과 혼인했다. 단군 이야기에서 삼위 태백의 신시를 다스렸다고 하는 환웅과 혼인했고, 자신이 낳은 단군이 고조선을 세운 걸 보면 이 여인은 분명 신성하게 여겨졌을 것이다. 그런데 한편으로는 사람들의 눈에는 그렇지 않았던 것 같다. 그들이 여인을 어떻게 바라보았는지는 〈삼국유사〉의 행간에서 읽을 수 있다.

곰은 여인이 되었다. 그렇지만 여인과 혼인해주겠다는 사람이 없었다. 그래서 여인은 항상 신단수 나무 아래로 가서 아이를 갖게 해달라고 빌었다. 그러자 환웅은 잠시만 사람이 되어 여인과 혼인해주었다.

— 〈삼국유사〉 고조선(왕검조선)

그러나 인간이 되고 나서도 혼인할만한 사람을 찾지 못했다고 한다. 혼인할 상대와 신분이나 처지가 차이가 클 때 이런 일이 일어나곤 하는데, 여기서는 곰(이었던 여인)이 사람들을 멀리한 것일까, 아니면 사람들이 곰(이었던 여인)을 멀리한 것일까?

곰은 왜 혼인할 사람을 찾지 못했을까

곰과 호랑이는 굳이 인간이 되고 싶어했다. 그리고 그중에서도 곰만 힘들게나마 인간이 될 수 있었다. 그걸 생각하면 여기에는 인간이 높고 짐승은 낮다는 생각이 밑바탕에 깔려있다. 그래서인지 곰은 스스로도 자신을 마음에 안 들어 하여, 호랑이와 함께 인간이 되길 바랐다. 어떤 이야기도 그렇겠지만 신화가 인간의 입장에서 쓴 것을 보여주는 것이다. 사람들은 곰을 꺼리고 있는데, 마치 천한 사람을 보는 것처럼 여인을 대했을 것이다. 여인은 몹시 따돌려지는 듯한데, 이는 곰과 호랑이가 먼저 환웅의 지배를 받던 사람들과는 구별되는, 그리고 더 못한 존재임을 나타낸다. 이런 상황은 이후로도 역사상 신분이 더 오르거나 처지가 더 나아졌던 수많은 사람이 겪게 될 운명이기도 했다. 심지어 단군의 후손이라는 자들조차, 우리 조상이 곰에게서 태어났을 리 없다며 여인을 부정할 정도이니, 여인이 살았다고 하는 당시에는 얼마나 사람들에게 홀대를 받았을지 상상이 될 정도이다.

훗날 한나라는 고조선을 멸망시킨 뒤 그곳에 낙랑군을 세웠다. 낙랑군의 고조선 사람들에게는 여덟 가지 법령이 있었다고 한다. 아마도 그 전부터 이런 종류의 법이 있던 것으로 여겨지는데, 그중에 세 가지는 〈한서〉 지리지를 통해 지금까지 전해진다.

물건을 훔친 사람은 노비가 되어야 하지만, 50만 전을 내면 풀려날 수 있었다고 한다. 그런데 도벽이나 장난삼아 한 짓이 아닌 이상 돈이 없어 물건을 훔쳤을 테니, 실제로는 이 돈을 내고 풀려나는 사람은 많지 않았으리라 생각된다. 역사가 사마천은 훗날 사형당할 위기에 처했을 때 50만 전을 낼 수 있었다면 풀려날 수도 있었다. 극형을 면할 수 있다면 어떻게 해서든 여기저기서 돈을 꾸어서라도 냈을 텐데 그는 끝내 그러질 못했다. 사마천은 아버지를 이어 정리하던 역사를 완성하기 위해서라도 아직 죽을 수 없었지만, 돈도 없었다. 그 어느 것도 택할 수 없는 자에게 남은 것은 생식기를 도려내는 궁형뿐이었다. 그래서 사마천은 사형 대신 궁형을 받겠다고 하였다. 이러한 일화를 통해서도 알 수 있듯이, 아마도 50만 전의 체감 액수는 평생 마련하지 못할 만큼 큰돈이었으리라 생각된다. 그런데 정말 운이 좋게도 50만 전을 낸 사람들은 어떻게 되었을까?

그러나 비록 풀려나서 백성이 된다 해도 사람들이 꺼려 하여 시집가거나 장가들려고 해도 짝이 없었다.

— 〈한서〉 지리지

한번 노비가 된 사람이 풀려나려고 내는 돈을 속전이라 한다. 그런데 속전을 내고 풀려난다고 해도, 아마 사방에 소문이 퍼져 얼굴을 들고 다니지 못했을 것이다. 속전을 내고 법적 자유민 신분을 되찾은 사람들이 이 정도로 곤욕을 치렀다면, 노비의 사회적 처지는 이보다도 훨씬 낮았을 것이다. 곰은 그동안 어떤 죄를 지은 것도 아니고, 환웅이 말한 것들을 잘 지켰다. 사람들로부터 이런 대접을 받은 것을 보면 원래 곰이었기 때문이었을 것이다. 〈삼국유사〉의 여러 이야기에서 짐승들은 인간의 모습으로 둔갑하기도 하나, 정체가 탄로 나는 순간 파국을 맞이했던 것과 비슷하다.

민간에서 혼인할 상대를 구하지 못한 여인은 아마도 곰으로 표현된 뭔가 다른 것이었다고 여겨진다. 혹시 원래는 전쟁 포로라든지, 죄인으로 취급받던 집단에 속해 있던 걸까?

그 뒤 여인은 환웅이 처음에 인간 세상으로 내려온 신단수 나무 아래로 가서 늘 환웅에게 아이를 낳게 해달라고 빌었다고 한다. 신단수 아래는 환웅이 다스리는 신시의 중심으로, 정치적 공간이자 인간이 기원하고 신탁을 듣는 종교적 공간이기도 하다. 신단수 나무를 통해, 인간의 지배를 의미하는 정치와, 신의 지배를 의미하는 제사는 그 기원이 같았으리라고 생각해볼 수 있다.

곰이었을 때는 굴속에서 살며 '항상[常]' 사람이 되길 빌었다고 하는데, 이번에도 '늘[每]' 그랬다고 한다. 이렇게 여인이 또다시 환웅에게 찾아가 비는 부분은 어쩌면 굴속에서 지내던 시절과 비슷하게 느껴진다.

단군 이야기는 원래 짧은 이야기였으나 나중에 다른 이야기가 덧붙여져 만들어졌을까, 아니면 꽤 길었던 이야기가 시간이 지나면서 점점 사라져 버렸을까? 〈삼국유사〉의 단군 이야기에는 생략된 듯한 부분이 많이 있다. 만약 단군 이야기가 원래 좀 더 긴 내용이었다면 여인이 다시 환웅에게 비는 장면 또한 굴속 생활 못지않게 자세한 내용으로 그려졌을지도 모른다.

아마도 굉장히 오랫동안 빌고 나서야 마침내 환웅이 찾아왔다. 그러나 아무리 생각해도 사람들은 다 혼인 안 하겠다고 피하고, 여인은 또 저렇게 빌고 있으니 환웅도 나중에서야 마지못해 나타나 혼인해준 것 같다. 그런데 이때 환웅은 '잠깐 혹은 거짓으로[假]' 모습을 바꾸어 나타나 혼인해주었다. '가假'라는 한자는 가짜로, 거짓으로 한다는 뜻과 함께 잠깐이라는 뜻도 있다. 어찌 되었든 여인이 된 곰과 혼인하겠다고 하는 것이니, 환웅은 인간의 모습이 되었음이 틀림없다. 그런데, 그 환웅은 전에는 어떤 모습이었을까?

환웅은 왜 자기 모습을 숨긴 채 혼인했을까

환웅은 인간의 몸이 아니라 신이라든지, 아니면 다른 형태로 세상을 다스리다가, 여인과 혼인할 때만 잠시 인간이 된 것일까? 그렇지만 굳이 그럴 필요까진 없어 보인다. 일연은 〈삼국유사〉의 서문에서 옛이야기를 보면 여인들은 용이라든지, 제비의 알, 거인의 발자국만 밟고도 아이를 낳는가 하면, 하늘신의 아들과 관계하거나 햇빛을 받아 임신했다는 여러 사례가 나온다. 이야기 속에서는 이렇게 온갖 방법으로 아이를 낳을 수 있는데, 환웅이 신의 몸을 하고 있었다면 굳이 자신의 모습을 바꿀 필요 없이도 결합은 가능했다.

환웅이 이미 인간의 몸이었다면 다르게 이해할 수도 있다. 환웅은 삼위 태백에 내려올 때부터 이미 인간의 모습이었지만, 자신의 모습이 아닌 다른 남성의 모습으로 바뀌어 나타났다고도 할 수 있다. 마치 그리스신화에서 제우스가 잠시 멋진 남성의 모습으로 바꾸어 나타나 여인들을 홀린 것을 떠올리게 한다. 그러고는 사라져 버리는데, 나중에 주몽의 아버지라는 해모수가 유화 부인을 두고 곧장 가버린 것과 유사한 구조를 띠고 있다.

어느 쪽으로 생각하든, 안타까운 것은 이 혼인을 결코 정식 혼인이라고는 생각할 수 없다는 점이다. 환웅은 자신의 모습이 아닌 다른 것으로 나타났고, 어떻게든 자신의 정체를 숨기려 했다. 잠시만 혼인해 주었다는 뉘앙스가 강하다. 이런 이야기는 '환인의 서자'라고 하는 환웅의 이야기가 이어서 태어나는 단군에게서도 반복되는 것이기도 하다.

찾아보면 단군 이야기에는 비슷한 구조가 반복되는 부분들이 있다. 특히 이렇게 반복되는 구조는 곰이 인간으로 변하고, 그 뒤에 단군을 낳는 데에 초점을 두고 있다. 굴속에서 곰이 인간이 되길 기다린 장면은 인간이 된 후에 아이를 낳기를 바라는 장면이 된다. 환웅이 환인의 서자로 태어난 부분은, 단군이 환웅의 서자로 태어나는 부분이 된다. 환웅이 서자였던 것처럼, 여기서는 단군이 서자가 되고 있다.

이를 생각하면 단군이 환웅의 몇 번째 아이였는지는 나와 있지 않지만, 아마도 환웅의 수많은 아이 중 하나였다고 생각해 볼 수 있다. 환웅에게 단군은 우리가 생각한 것만큼 그다지 중요한 아이가 아니었을 수도 있다. 여기엔 다른 사정이 있었으리라고 생각된다.

단군은 왜 적자로 태어나지 않았을까

단군은 원래 환웅이 다스리던 신시가 아닌, 평양성에서 조선을 세웠다. 여기서 말하는 평양성이 오늘날의 평양이라고 확신할 수는 없지만, 신시가 자리잡았던 첩첩산중보다는 넓었으리라 생각된다. 그렇지만 한편으론 단군이 어떤 이유로 인해 신시를 통째로 물려받지는 못한 것처럼 느껴진다.

아무리 환웅이 변하여 여인과 혼인했다고 해도, 곰이 여인이 되어 낳았다는, 한편으로는 환영받지 못할 이유처럼, 말하기 곤란한 사정이 있던 걸지도 모르겠다. 많은 영웅은 적자로 태어나지 않지만, 어렸을 때부터 비범한 능력을 보이곤 한다. 그 것은 자꾸 주변 사람들이 이 아이를 시험하려 했기 때문이다. 아마도 적자로 태어나지 않은 아이들에게 가해지던 집단적 따 돌림 같은 어두운 이야기가 어린 영웅의 위업이라는 거창한 이야기로 밝게 탈바꿈한 것은 아닐까?

결과적으로 보면 단군은 고조선을 세우면서, 아니 어쩌면 그 이전부터 환웅이 다스리던 세상에서 떨어져 나오게 된다. 그러나 이것을 불운한 이야기로만 생각할 필요는 없다.

단군 이야기에는 부모와 자식 관계에 대해서 있으나 마나 한 듯 다루고 금방 넘어가곤 한다. 그 때문에 자식이 성장하 여 부모에게서 독립하는 과정도 많이 생략되었다. 단군은 적 자로 태어나지 않았기 때문에 환웅의 것을 그대로 물려받을 수 없지만, 뒤집어 보면 아버지의 그림자로부터 분리된 것을 뜻하기도 한다. 원래부터 신성하게 여겨지던 것들과 결별하고 새로운 이야기를 이끌어가기 위해서라도 적자로 태어나지 않 아야 했다. 공자(기원전 551~기원전 479) 역시 거의 사생아로 태 어났지만, 인류 역사에 거대한 발자취를 남겼지 않은가?

환웅 역시 그렇게 해서 환인한테서 떨어져 인간들이 사는 삼위 태백으로 내려왔다. 이렇게 서자로 태어난다든지, 곰한테서 태어난다든지 하는 이야기가 때로는 필요했을 것이다.

단군이 세운 나라는 환웅이 다스리던 신시와는 지역부터가 분명 다른 것이었다. 고조선이라고 하는, 중요한 나라를 세운 인물인 단군은 어떻게든 부모에게서 독립해야만 했다.

애초에 단군은 환웅과는 관련이 없었을 수도 있다. 권근 (1352~1409)이 지은 시의 주석서인 〈응제시주〉, 조선 초기에 완성된 국가의 공식 역사서 〈동국통감〉 등 조금 더 뒤의 단군 이야기는 단군이 바로 하늘로부터 내려왔다는 이야기들이 있다. 만약 이러한 이야기가, 원래부터 있던 수많은 단군 이야기 중 한 갈래였다면 어떨까?

어떤 단군 이야기든, 환웅보다는 그 뒤에 태어난 단군을 중심으로 서술된다. 수많은 가문이, 어떤 신이나 영웅의 후손이라고 자리매김했듯이, 아마도 이 이야기는 스스로를 단군이라고 하는 자가 권력을 획득한 뒤, 자기 이전에 권위나 권력을 갖고 있었다고 전해진 존재와 연결 짓기 위해 만들었을 것이다.

15. 단군은 나라 이름을 왜 조선이라고 지었을까

단군은 땅에서 태어났다. 바로 이 점에서 단군은 할아버지인 환인이나 아버지인 환웅과는 달랐다. 환인은 하늘을 다스렸고, 환웅은 하늘에서 내려와 인간 세상의 삼위 태백을 다스렸다고 하여, 도저히 사람처럼 느껴지진 않는다.

반면에 단군은 아무리 신비하게 태어났고, 사람 같지 않게 2천 년 가까이 살았더라도 여인의 몸으로부터 사람의 몸을 지니고 태어났으므로 그나마 사람처럼 생각된다. 먼 훗날 자신의 할아버지와 아버지를 제치고 자신이 민족이나 국가의 진짜 '할아버지'가 되는 것은 이 때문일지도 모른다. 그러나 단군이 할아버지라 불리는 아마도 가장 중요한 이유는 아마도 그가 비로소 나라를 세웠다는 데 있을 것이다.

그렇게 해서 여인은 임신했고 아들을 낳았다. 아들 이름을 '단군왕검'이라고 했다. 단군왕검은 중국의 요 임금이 왕이 된 지 50년째 되는 해인 경인년에 평양성에 도읍을 두고 나라 이름을 '조선'이라고 부르기 시작했다.

— <삼국유사> 고조선(왕검조선)

조선이라는 이름은 언제 생겼을까

역사 속에는 '조선朝鮮'이라고 불린 여러 나라가 있다. 그래서 우리는 단군이 세운 조선을 그 뒤에 세워진 여러 조선과 구별하기 위해 고조선이라고 부른다(오랜 기록에는 그냥 조선이라고만 나와 있다). 조선이라는 말은 기원전 4세기에 만들어진 것으로 보이는 책 <관자>에 '발조선'이란 이름으로 처음 나온다. 그걸 보면 늦어도 이때는 조선이라는 이름이 있어서 다른 나라들에도 알려진 것 같다.

조선이라는 이름은 한자로, 아침 조朝, 빛날 선鮮 두 글자로 되어 있다. 그런데 이 이름은 당시 기준으로 상당히 세련된 이름이다. 물론 맨 처음부터 나라 이름을 이렇게 쓴 건 아닌 듯하다. 시간이 흘러 어느 정도 한자 문화를 충분히 이해하게 되어, <관자>가 쓰이기 전 어느 시기에 이와 같은 표기가 정착된 것으로 보인다. 이후 조선의 한자 구사 수준은 일정 수준에 이른 것 같다. 〈사기〉 등의 역사서에는 조선이 왕王의 칭호를 쓴다든지, 상相, 경卿, 대부大夫, 장군將軍 등의 관직을 두는 등 한자 문화에 기반한 사회를 형성하게 된다.

그런데 이 나라의 이름이 왜 조선이고, 어디서 비롯된 것인지, 그리고 조선이라 불리기 전에는 무엇이라 불렸는지 아직 밝혀지지 않았다.

옛 나라의 이름은 그 나라가 세워진 지역의 이름에서 따오는 경우가 많았다. 그걸 보면, 조선이라는 이름도 원래는 어떤 지역의 이름일 가능성이 크다. 단군은 애초에 평양성에서 조선을 세웠다가, 나중에는 아사달로 옮겨갔고, 이곳에 머무르며 산신령이 되었다고 한다. 그중에서 조선이란 이름은 아사달이란 지역 이름에서 나왔다는 주장이 있다.

아사달阿斯達은 조선의 말이라고 한다. 여기서 '아사阿斯'는 아침을 뜻하고 '달達'은 땅을 뜻하니, 아사달은 '아침의 나라'로 풀이되기도 한다. 이렇게 나라의 옛 도읍지 또는 단군이 머물던 곳인 아사달에서 조선이라는 이름이 유래되었다고 보기도 한다. 그밖에도 사람들은 조선이라는 이름이 어디서 나왔는지 온갖 상상을 한다. 그래서 여기에는 아직까지도 수많은 설이 있다.

그런데 '조선'이든, 그 이전의 이름이라는 '아사달'이든, 모두 아침이라는 것을 굉장히 신경 쓰며 만들어진 듯하다. 어쩌면 아침이라는 것은 이 나라의 기원과도 깊은 관련이 있을지 모른다. 여기서 가리키는 아침은 과연 무엇을 뜻하고, 나라 이름은 왜 아침이었을까?

조선은 왜 '조선'일까

해가 뜨는 것을 아침이라고 한다. 신화에는 수많은 아침이 있다. 아침은 세상의 시작이다. 어둠 속에서 비로소 세상이 생겨난다는 이야기는, 해가 세상을 밝혀 만물을 분간할 수 있게 되는 그 순간으로부터 생겨났을 것이다. 아침은 또한 생명의 탄생을 가리키기도 한다. 어머니의 뱃속에 있던 아기는 밖으로 나오면서 태어난다고 하며, 이때 이르러서야 어둠에서 비로소 빛으로 나온다. 이러한 신화적 아침은 단군 이야기에서도 찾을 수 있다.

굴속은 세상이나 생명이 아직 생겨나기 전의 깊은 어둠을 나타낸다. 곰은 아직 인간의 몸을 얻기 전에는 굴속에서 지내며 쑥과 마늘을 먹었다고 한다. 굴속은 햇빛이 들지 않아 깊고 어두웠으며, 마치 세상이 아직 생겨나기 전에는 혼돈하여 무엇도 나누어지지 않은 것과 같다. 삼칠일째가 되었을 때, 곰은 드디어 인간의 몸을 얻었다. 그리고 이때에서야 굴에서 나와 마침내 햇빛을 보았다. 사람이 아니었던 것이 사람이 되고, 어둠에서 나아가 햇빛을 보는 것을 아침이라고 한다.

햇빛은 아침을 상징하며, 밤이 끝나고 아침이 찾아오는 것은, 자연 현상에 관한 이야기일 뿐만 아니라 세상이 만들어지는 것이 되기도 한다. 그러므로 아침은 비로소 세상이 생겨나는 것을 의미한다.

아침, 이는 곧 밝은 세상이었다. 여인은 아이를 낳으려 했다. 그러나 누구도 여인과 짝하려 들지 않았다. 오직 환웅만이 잠시 제 모습을 남자로 바꾸어 혼인해 주었다. 그리하여 아이가 생겨났다.

아이는 환웅의 핏줄을 타고났지만, 환웅이 제 모습을 감추고 나타났으니 아이는 태어나기도 전에 서자의 신분을 타고나게 된 것이다. 이것은 그 아버지 환웅이 서자였던 것과 마찬가지이다. 남자의 모습을 한 환웅은 아마도 그 뒤 어디론가 가 버렸을 것이고, 그때 여인은 남자가 환웅인 줄 몰랐을 것이다. 그리고 아이의 탄생은 여인에게도 그늘을 드리웠을 것이다.

먼 옛날 고리국 왕의 시녀가 갑자기 임신하자 왕은 시녀를 죽이려 했다. 시녀는 갑자기 하늘의 기운이 들어와 임신했다고 하여 살아났지만 갓 태어난 아들은 짐승 우리에 버려졌다. 그러나 아들은 가까스로 살아나 어머니에게 돌아갔다. 이 아들은 동명이라 불렸으며 훗날 북부여를 세웠다.

강의 신인 하백의 딸 유화는 하늘을 다스리는 천제의 아들 해모수와 정을 통한 뒤 쫓겨나 동부여 금와왕에게 거둬졌다. 유화가 햇빛을 받아 임신하여 알을 낳자 금와왕은 알을 내다 버렸다. 그런데 알도 깨지지 않고 무사히 어머니에게로 돌아갔다. 알에서는 아들이 태어났는데, 어릴 때부터 활을 잘 쏘아 주몽이라 불렸다.

동명의 어머니는 왕의 시녀였고, 주몽의 어머니는 왕에게 거둬졌다. 그리고 그녀들이 낳은 아들이나 알은 여러 번 짐승 우리나 들판에 버려졌으나 짐승들이 겨우 살려냈다. 한때는 곰이었던 여인과 그 아이도 비슷한 위기를 겪었던 것 같다. 사람들이 꺼리던 여인이 아이까지 배었을 때, 환웅이 다시 여인을 거뒀다는 이야기는 없다. 굴밖에 모르던 여인이 갈 곳을 잃고 어디서 아이를 낳았고, 누가 이들을 거뒀을까?

단군은 서자 또는 사생아로 태어났다. 그리고 그 어머니인 여인은 혼자서 단군을 낳고 길러야 했을 것이다. 그때 여인은 굴속을 떠올렸을지도 모른다. 자신도 한때 굴속에서 태어나 오랫동안 살았고, 여인이 된 지금도 그곳을 잘 알고 있을 것이다. 그곳에 가면 세상 사람들이 곰이 사람이 된 것이라며 이상한 눈으로 보지도 않고, 갑자기 임신했다고 하여 쫓아내거나 죽이려 하지도 않을 것이다. 가장 안심할 수 있는 곳으로 돌아간 뒤에 그곳에서 아이를 낳은 것은 아닐까?

단군이 여인의 땅에서 태어나고, 여인의 손으로 길러졌다면, 그가 태어난 곳 역시 굴속일지 모른다. 아이는 태어나고 나서야 세상이 밝고 넓은 것을 알게 된다. 이때 그는 어머니의 배에서 나오며 비로소 세상으로 나왔고, 굴속에서 다시 바깥으로 나아가 햇빛으로 나아간다. 아이가 태어나면서 곧 세상이 생겨났다.

단군은 그 출생이 기구한 것을 보면, 아버지가 환웅이라는 것을 상당 기간 모르고 지냈던 것으로 보인다. 그동안은 아버지보다는 어머니를 가깝게 여겼을 것이다. 단군을 길러낸 것도 여인의 땅이었으니, 그 초기에는 그 어머니의 땅에서 자랐을 것이다.

옛 땅의 이름은 그곳을 살다 간 사람들로부터 말미암아 생겨나곤 하고, 여기서 나라 이름이 생겨난다. 훗날 단군은 조선을 세웠고, 나라 이름은 단군이 지었다고 한다.

신화에서는 세상을 만드는 것과 아이를 만드는 것, 그리고 나라를 만드는 것을 같은 것으로 연결 짓기도 한다. 단군의 탄생은 출생 이전부터 자신에게 첩첩이 놓인 어둠을 하나하나 걷어 나가는 과정이기도 했다. 그것은 곧 아침이라 부를 수 있을 것이다. 마침내 마지막 어둠을 걷어내고, 단군은 진정한 아침을 맞이하였다. 곰이 여인이 되는 순간, 단군이 세상으로 나온 순간, 그리고 나라를 세우는 그 순간, 그때가 바로 모든 것이 시작되는 아침이 아니었을까?

역사서 〈삼국지〉에 따르면, 고구려인들은 음력 10월이 되면 모여서 하늘에 제사를 지내는 동시에, 나라 동쪽의 큰 동굴(국동대혈)의 신인 수신隧神을 맞이하는 행사를 했다. 이는 그들의 시조가 하늘과 동굴 모두에 그 기원을 두고 있었음을 나타내는 듯하다. 수신에게 제사를 지낼 때는 동굴로 가서 수신을 강으로 모신 뒤, 신의 나무 조각상을 앉혀 놓고 제사를 지냈다. 제사란 고대의 신화를 재현하는 것이었다는 점을 생각해 보면, 수신은 동굴로부터 걸어 나왔다. 동굴은 신의 거처이자, 세상의 시작이었으며, 어머니이기도 했다. 수신에 제사 지내며,

국가는 해마다 다시 한번 새롭게 세워지며, 그 영원한 생명을 이어가고자 했다. 그리고 동굴에서의 제의는 어쩌면 아득히 오래된 것이었을지도 모른다.

아침이 빛나는 곳이라는, 조선朝鮮은 곰에서 인간의 몸을 얻은 여인, 그 여인이 밖으로 나가 처음으로 맞이한 햇살, 그리고 단군의 탄생과 그것이 상징하는 새로운 시대를 모두 뜻하는, 그 모든 아침이 빛나는 곳은 아닐까?

17. 단군은 언제 나라를 세웠을까

요(堯) 임금의 초상, ©Wikipedia

옛날부터 중국에서는 삼황오제三皇五帝라고 하여, 고대 중국의 초기 임금들을 이상적으로 여겼다. 그중에서도 요堯 임금, 순舜 임금이 가장 위대한 임금으로 여겨지곤 했다. 먼 옛날에 살던 두 임금은 어진 정치를 펼쳐서, 백성들이 살기가 그 어느 때보다도 좋았다는 이야기가 있다. 요 임금은 나라를 다스린 지 50년째를 맞아 백성들을 시찰하러 나갔는데, 아이들은 요 임금을 찬양하는 노래를 불렀고, 노인은 배를 톡톡 두드리고 발을 구르며 흥겨워하고 있었다고 한다.

요 임금은 스스로 물러날 때가 되자, 자기 자리를 아들에게 물려 주지 않고, 사람들이 이름난 효자로 가장 덕이 높다고 칭찬한 '순'에게 물려주었다. 순은 이렇게 임금이 되었다. 순 임금도 나중에 임금 자리를 자기 아들 대신 '우'라는 신하에게 물려준 사람이다. 요 임금과 순 임금이 다스릴 때 세상은 크게 평안해졌다고 하여, 태평太平이라는 말이 나오기도 했다. 이 말은 가장 좋은 시절, 그러나 어쩌면 한 번도 오지 않은 시절, 또는 한번 멀어지니 다시는 돌아오지 않으므로 언제나 그리워하는 시절을 가리키는 표현이 되었다.

요 임금과 순 임금 이야기는 우리나라에도 전해졌다. 그래서 요 임금, 순 임금을 모범으로 삼고 여러 왕과 비교하곤 했다. 신라 진덕왕(재위 647~654)은 〈태평가〉를 지어, 당나라 고종(재위 649~683)에게 바쳤다. 〈태평가〉의 태평은 요 임금과 순 임금의 치세를 나타낸 것이다. 그 내용에는 "나라를 다스리는 운수는 우(虞, 순임금)와 당(唐, 요임금)을 뛰어넘으니"라고 하여, 당나라 고종이 요 임금이나 순 임금보다 뛰어나다고 했는데, 당시로써는 최고의 찬사였다. 이는 한편으로 요 임금과 순 임금을 그만큼 이상적인 군주로 보았다는 표현이기도 하다.

고려의 태조 왕건(재위 918~943)은 셋째 아들의 이름을 요 임금과 같은 성군이 되기를 바라는 이름으로 '요堯'라고 지었다. 이는 왕건 자신이 지닌 포부를 드러내는 한편, 장차 이 아이에게 왕위를 물려줄 생각도 있었던 것으로 보인다. 왕자 요는 왕건의 첫 번째 아들이자 태자였던 무가 먼저 왕(혜종, 재위 943~945)이 되었다가 일찍 죽은 뒤, 고려의 3대 왕인 정종(定宗, 재위 945~949)이 되었다.

단군은 왜 요 임금 때 나라를 세웠을까

오늘날은 요 임금이나 순 임금이 실제로 있었다고 하지는 않는다. 요 임금과 순 임금의 이야기는 오래전부터 전해 오는 이야기에 불과하다는 것이다. 그렇지만 위대한 임금들의 이야기는 마치 사실처럼 받아들여졌고, 때로는 사실 이상으로 강력한 영향을 미치기도 한다. 이는 단군의 이야기에도 영향을 미쳤던 것 같다.

단군 이야기에서는 요 임금 때 단군이 고조선을 세웠다고 이야기한다. 이는 요 임금의 치세가 고조선 건국이라는 사건이 언제 일어났는지 기준이 되었음을 의미한다. 〈삼국유사〉는 단군이 나라를 세운 시기에 관하여 세 가지 기원을 제시한다.

①"지금으로부터 2천여 년 전에 단군왕검이 살았다. 단군왕검은 아사달에 도읍을 세워 나라를 열었다. 나라 이름을 고조선이라고 했다. 중국의 요 임금과 같은 시대에 있었던 일이다."(〈삼국유사〉에 인용된 〈위서〉)

②"단군왕검은 중국의 요 임금이 왕이 된 지 50년째 되는 해인 경인년에 평양성에 도읍을 두고는 나라 이름을 '조선'이라고 부르기 시작했다."(<삼국유사>에 인용된 '고기')

③"요 임금은 무진년에 왕이 되었다. 그러면 왕이 된 지 50년째는 정사년이지 경인년이 아니다. 경인년이라고 써진 것은 아마도 사실이 아닌 것 같다."(<삼국유사>에 인용된 '고기'(②)에 관한 일연의 견해)

〈위서〉, '고기'는 물론, 그 내용을 비판적으로 검토했던 일연도 단군이 고조선을 세운 것은 요 임금 때라는 생각에서는 크게 벗어나지 않는다. 〈제왕운기〉의 기록에서도 마찬가지로 단군이 건국한 것은 요 임금 때라고 가리킨다.

④단군은 요 임금과 나란히 무진년에 나라를 일으켰고…(<제왕운기>의 이승휴의 문장)

단군 이야기에서 단군이 요 임금 때 나라를 세웠다고 한 것은, 단군이 요 임금 때만큼이나 오래전 사람이라는 것을 의미한다고 여겨진다. 그리고 우리도 중국만큼 역사가 오래되었다는 걸 보여주려 한 것으로 보인다.

단군이 고조선을 세우기 전에는 환인이나 환웅이 있었다고 한다. 그렇지만 환인에서 환웅으로, 다시 환웅에서 단군으로 이어지는 이야기는 늦으면 고려 후기인 〈삼국유사〉나 〈제왕운기〉에서야 정리되었다. 그 전의 단군 이야기는 언제 처음 쓰였는지, 그리고 어떠한 구조를 지니고 있었는지 명확히는 알 수 없다.

다만, 단군의 이야기가 성립되기 이전에 이미 환웅의 이야기가 먼저 성립되어 있었을 것이라고 보는 것이 타당한 것 같다. 환웅 이야기는 그 자체만으로도 내용이 풍부하며 완결된 구조를 지니고 있다.

단군은 혈통으로는 환웅을 이었다고 한다. 환인에서 환웅, 그리고 단군으로 이어지는 이야기가 원래 개별적인 이야기였다면, 기존에 있던 환웅 이야기에 곰이나 호랑이, 또는 신단수 나무의 신 같은 접점을 만들어 단군의 이야기를 덧붙였을 것이다.

또, 단군은 시간상으로 요 임금 때 나라를 세웠다고 한다. 단군의 이야기가 요 임금의 이야기보다 먼저 생겨났다면 그 스스로가 시간상 하나의 기준이 되었을 것이므로, 굳이 요 임금 이야기를 꺼내지 않아도 되었을 것이다. 그러나 시간상 기준이군이 요 임금 때로 설정되었던 것을 보면, 단군 이야기는 요 임금 이야기보다는 나중에 정리되었다고 볼 수 있다. 그런데 여기에는 어느 것이 먼저인지, 어느 것이 나중인지 하는 것 이외에도 다른 중요한 사정이 있었다고 여겨진다.

단군 이야기를 정리하던 사람들은 분명 요 임금을 굉장히 신경 쓰고 있었던 것 같다. 그들은 단군이 고조선을 세웠다는 시기를 밝히거나 밝히지 않을 수도 있었다. 그런데 이를 분명히 밝혔고, 하필이면 그 시기를 태평성대라 불리는 요 임금 때로 잡았다. 이는 단군이라는 인물의 상(像, 이미지)이 요 임금을 원형으로 하였고, 단군을 요 임금 같은 인물로 자리매김하려는 것이 아닐까 한다.

오늘날 기준으로는 이러한 설은 단군이 요 임금을 본떠 만들어진 존재로 오해될 경우, 국가의 자존심 문제로 여겨질 수 있다. 한국은 단군을 민족의 시조로 여겨 기리는 한편, 중국은 요 임금을 고대 중국에 실존했던 인물로 보고 있다. 따라서 자칫하면 한국의 시조가 중국의 고대 임금을 차용한 것이라고 오해될 수 있는 것이다.

그렇지만 요 임금이 살았다는 시기는 분명 민족이나 국가라는 것이 생겨나기 이전으로, 당시는 중국의 것이냐 아니냐를 논하기에는 너무 이른 시기이다. 물론, 훗날 사람들은 굳이 요 임금의 '국적'을 따진다면 중국의 성군으로 보기는 했다. 그러나 그의 덕이 사방에 두루 미쳤고 누구나 본받을 만하다고 본 것이다.

단군 이야기를 정리한 사람들이 요 임금의 이야기를 바탕으로 단군 이야기를 정리했다고 하더라도 그것이 과연 용납할 수 없는 주장일까? 그들이 결코 오늘날 말하는 민족의식이라든지 자긍심이 부족해서 그런 것이라고는 할 수 없다. 그런 것이라기보단, 당시의 관념으로 요 임금을 이상으로 삼은 것은 어떤 무리 없이 받아들여진 듯하다.

고조선은 언제 세워졌을까

〈삼국유사〉에서는 〈위서〉의 기록이 들어 있는데, 그 〈위서〉가 쓰였을 때로부터 2천여 년 전에 단군왕검이 살았다고 한다. 그러나 〈위서〉가 언제 만들어진 책인지 알 수 없으므로, 이것만 가지고는 단군이 언제 고조선을 세웠는지 알 수 없다.

단군이 요 임금과 같은 때 고조선을 세웠다고도 하고, 요 임금이 왕이 된 지 50년째 되는 해인 경인년에 고조선을 세웠다고도 한다. 그런데 일연은 고조선 건국이 요 임금 때라는 의견을 부정하진 않지만, 요 임금 50년째라고는 믿지 않은 것 같다. 그는 이렇게 이야기했다. "요 임금이 무진년에 왕이 되었다. 그러면 왕이 된 지 50년째는 정사년이지 경인년이 아니다. 경인년이라고 쓰인 것은 아마도 사실이 아닌 것 같다."

적어도 일연이 〈삼국유사〉를 정리하기 이전에는 단군이 요 임금 때 사람이라는 데 대부분 의견을 같이했으나, 그 구체적인 시점에 관하여는 이런저런 이야기들이 있었던 것 같다. 일연은 그때 '고기'의 기록이 "요 임금 50년인 경인년"이라고 되어 있는 것이 오류임을 발견했다. 고대 역법에 따르면, 요 임금이 무진년에 즉위했으므로, 그 해를 원년이라 잡으면 50년째는 경인년이 아니라 정사년이라고 해야 옳다는 것이다.

일연은 또한 '고기'에서 단군이 1,500년 동안 고조선을 다스렸다고 한 것에 관하여는 별다른 이야기를 남기지 않았는데, 크게 문제가 없다고 본 듯하다. 그리고 단군이 임금에서 물러난 것이 주나라 무왕이 왕위에 오른 때였다고 한다.

주나라 무왕은 기원전 1046년에 주지육림을 일삼았던 은(상)나라의 왕 주紂를 죽이고 왕위에 올랐다. 단군이 나라를 다스린 기간을 생각해보면, 그가 고조선을 세운 것은 이때로부터 약 1,500년을 거슬러 올라간다. 다만, 1,500년 전이라는 것은 정확한 값이라기보다는 대략적인 숫자라고 이해할 수 있다. 사람이 천 수백 년 동안 홀로 나라를 다스렸다는 것은 사실상 불가능에 가깝다. 그걸 생각한다면 여기에는 다소간의 착각이나 오해가 있었을 것이고, 다소 공백기도 있었으리라고 보인다. 이는 오늘날의 기준으로는 기원전 2500년대 중반이다.

일연은 여러 설을 검토하면서 단군이 고조선을 건국한 시점을 좀 더 정확히 밝혀내려 했다. 이는 단군 이야기를 더욱 역사에 가까운 것으로 만들려는 것이기도 했다. 일연이 단군이 건국했다는 시점에 오류가 있었는지 검토했던 것은, 이후 사람들이 본격적으로 단군이 건국한 연도를 어떻게든 구하려 했던 태도에 영향을 미친 듯하다. 다만, 일연이 정리한 단군의 건국 시점인 요 임금 50년 정사년이나, 1,500년이라는 통치 기간은 계승되지 못했다.

그다음으로 이승휴가 〈제왕운기〉에서 단군의 즉위 시점과 통치 기간을 다뤘다.

⑤단군은 요 임금과 나란히 무진년에 일어났고, 순 임금 때를 지나고 하나라 때를 거쳐 왕 자리에 있었으며, 은나라 무정 임금 8년 을미년, 아사

달 산에 들어가서 산신령이 되었다. 나라를 1,028년 동안 다스렸으니….

— <제왕운기> 하권

여기서도 단군이 요 임금 때 나라를 세웠다고 했다. 다만 〈삼국유사〉에 인용된 '고기'의 기록에서는 요 임금 50년에 단군이 건국하였다고 했으나, 이승휴는 요 임금이 즉위한 무진년에 단군도 건국하였다고 하였으므로, 건국 시기는 요 임금 50년에서 요 임금이 즉위한 해로 앞당겨졌다.

그런데 이승휴는 단군이 나라를 다스린 기간을 훨씬 더 짧게 보았다. 〈제왕운기〉에 인용된 〈본기本紀〉에서는 단군이 1,038년 동안 다스렸다고 했으나, 이승휴는 이를 따르지 않았다. 그는 단군이 은(상)나라 무정 임금 8년까지 나라를 다스린 뒤 아사달 산으로 들어가 산신령이 되었다고 보았는데, 다스린 기간을 〈본기〉의 기록보다 10년이 줄어든 1,028년 동안이라고 했다. 처음에 〈본기〉에서 제시된 1,038년이든, 이승휴가 고친 1,028년이든 상당히 구체적인 기간을 제시했다는 점에서 특이하다. 그렇게 주장할 만한 확실한 근거를 갖고 있었던 것일까?

은(상)나라 무정 임금 8년은 기원전 1286년이라고 본다. 이

때로부터 단군이 나라를 다스렸다는 기간인 1,028년을 거슬러 올라가면 기원전 2300년대 초반에 고조선을 세운 셈이다. 이는 오늘날 단군의 건국 시기로 잡고 있는 기원전 2333년과 거의 근사한 시점이다.

그런데 고려 말 밀직제사였던 백문보(1303~1374)는 단군이 나라를 세운 지 3,600년이나 되었다고 한다.

⑥우리 동방은 단군으로부터 지금까지 이미 3,600년이 지나 주원周元을 맞이하게 되었습니다. 그러니 요 임금, 순 임금과 육경六經의 도리를 따라야 하고, 공명과 이익, 재앙과 복을 설說하는 것은 행하지 말아야 합니다.

— <고려사> 제신열전 백문보

백문보가 위와 같은 글을 쓴 것은 1363년에 홍건적이 개경을 습격해 국가의 여러 역사 기록이 불타버린 직후였던 것으로 보인다. 이로부터 3,600년을 거슬러 가야 단군의 치세가 시작되었다고 주장한 것인데, 이를 참고하면 오늘날의 기준으로 볼 때 늦어도 기원전 2200년대 중반에 해당한다.

즉, 단군이 고조선을 세운 기간은 ①일연이 <삼국유사>의

'고기'를 인용한 것에 따라 기원전 2500년대 중반 설, ②이승휴의 〈제왕운기〉를 따라 기원전 2300년대 초반 설, ③백문보의 주장을 따라 늦어도 기원전 2200년대 중반 설이 있다.

단군이 나라를 세운 시기와 통치 기간에 관한 여러 주장은 조선 성종(재위 1469~1495) 초 〈동국통감〉의 완성과 함께 정리되었다. 〈동국통감〉은 이와 관련하여 '고기古紀'를 인용했는데, '고기'의 내용이 〈삼국유사〉에 인용된 '고기'의 내용과는 같지 않다. 둘은 한자가 같지 않을 뿐더러, 세계관도 각각 다르다. 〈삼국유사〉에 인용된 '고기'는 불교적인 세계관을 바탕으로 쓰여진 듯한데, 〈동국통감〉은 성리학적 세계관에 근거하였다. 특히 서거정(1420~1488) 등 〈동국통감〉의 편찬자들은 성리학자로서 불교의 세계관을 배격하였으므로, 승려 일연이 인용한 서적을 참고했다고는 생각하기 어렵다. 그러므로 〈동국통감〉의 '고기'란 별개의 기록이라 봐야 할 것이다.

〈동국통감〉에서 말하는 '고기'는 오히려 이승휴의 〈제왕운기〉를 계승하고 있다. 통치 기간에 약간의 차이는 있지만, 단군의 즉위와 통치를 다룬 〈제왕운기〉의 문장과 〈동국통감〉의 문장이 거의 유사하다. 〈동국통감〉에서 가리키는 '고기'란, 이승휴의 〈제왕운기〉를 가리키는 것일 수도 있다. 두 문장을 한

번 비교해 보자. 먼저 이 글의 ⑤번 인용문, 〈제왕운기〉를 다시 가져온다.

⑤단군은 요 임금과 나란히 무진년에 일어났고, 순 임금 때를 지나고 하나라 때를 거쳐 왕 자리에 있었으며, 은나라 무정 임금 8년 을미년, 아사달 산에 들어가서 산신령이 되었다. 나라를 1,028년 동안 다스렸으니….

— 〈제왕운기〉 하권

다음은 〈동국통감〉에 인용된 '고기'의 내용이다.

⑦단군이 요 임금과 나란히 무진년에 일어났고, 순 임금 때를 지나 하나라 때를 거쳐 왕 자리에 있었으며, 지나 상나라 무정 임금 8년 을미년, 아사달 산에 들어가서 산신령이 되었다. 1,048세의 수명을 누렸으니….

— 〈동국통감〉에 인용된 '고기(古紀)'

은나라와 상나라는 같은 나라를 뜻한다. 〈제왕운기〉에서 1,028년 동안 나라를 다스렸다는 것이 〈동국통감〉의 '고기'에서는 1,048세의 수명을 누렸다는 것으로 바뀌었을 뿐이다. 〈제왕운기〉란 〈동국통감〉에서 가리키는 '고기'일 수도 있다.

오늘날은 〈삼국유사〉에 정리된 단군 이야기가 대표적이다.

대중들에게는 〈제왕운기〉의 단군 이야기는 내용이나 관점은 아무래도 비주류로 여겨지고 있다. 그런데 〈동국통감〉은 오히려 〈제왕운기〉의 단군 이야기에 가깝다. 이는 유교의 완성형이라고도 할 수 있는, 성리학을 국가 이념으로 삼은 조선의 관리들이 영향을 미친 것 같다. 이들은 승려 일연이 정리한 〈삼국유사〉의 단군 이야기보다는, 과거 출신의 관리이자 유학자였던 이승휴의 말이 더 믿을만하다고 본 듯하다.

다만 〈동국통감〉에서는 '고기'의 기록에도 다소 문제가 있다고 보았다. 〈동국통감〉의 편찬자들은 요 임금이 '고기'에 나온 무진년이 아니라 갑진년에 즉위했다고 보았다. 그리고 요 임금 시기의 무진년이란 그가 왕위에 오른 지 25년째였다. 그러므로 단군은 요 임금 25년 무진년에 즉위했다는 것이다. 그러므로 단군이 요 임금과 나란히 무진년에 즉위했다는 말도 틀렸다고 보았다.

〈동국통감〉은 왕명으로 편찬된 공식 역사서였다. 〈삼국사기〉, 〈삼국유사〉 등 지금까지 남아 있는 책들이 주로 한 시대를 풍미한 나라들과 그 나라에서 있었다는 일들을 기록한 데 비하여, 〈동국통감〉은 단군에서부터 고려 시대에 이르는 긴 시대를 연대순으로 다루었다. 이런 배경에서 시작을 어디에 두는지는 큰 관심사였던 것으로 보인다.

단군이 요 임금 때 나라를 세웠다는 데는 크게 이견이 없었다. 그런데 신기하게도 모든 단군 이야기들은 요 임금 시기를 향하고 있다. 단군이 나라를 세운 것은 요 임금 50년 경인년이었다고 하면서 논의는 시작되었다. 이는 일연에 의해 요 임금 50년은 정사년이라는 비판을 받았고, 그 뒤에는 이승휴에 의해 요 임금이 즉위한 무진년 설이 제기되었으나, 〈동국통감〉에서 요 임금의 즉위한 해를 갑진년이라고 봄에 따라 마침내 요 임금 25년의 무진년으로 정해졌다. 이는 실제 기록이나 고고학적 발견에 따른 연구라기보단, 여러 학자의 문제 제기와 절충을 거쳐 이른 타협에 가깝다고 볼 수 있다. 그리고 국가의 공식 역사서인 〈동국통감〉의 권위를 바탕으로, 이때가 단군의 즉위 시점이자 고조선의 건국 시점이 되었다.

요 임금 25년 무진년은 기원전 2333년으로 환산된다고 한다. 그렇지만 요 임금이든 단군이든, 수천 년 전의 인물이 언제 나라를 세웠고 얼마 동안 다스렸는지를 한참 나중에서야 탐구하려 하는 데는 무리가 있을 수밖에 없다. 그것도 수명이 2천 년 가까이 되었다고도 하는 신비로운 인물을 끼고서 그 연도를 정확히 측정하겠다는 것은 아무래도 무리한 것처럼 보이기도 한다. 그렇지만 어떻게든 역사의 시작이나 국가의 기원을 반드시 알아야 한다는, 어느 문화에서도 볼 수 있는 강박관념이 기원전 2333년 같은 결과를 만들어 낸 듯하다.

단군을 어디까지 알 수 있을까

기원전 2333년이라는 표현은 서양에서 예수를 기준으로 연도를 표기하는 방법인 '서기'를 따른 것이다. 서기에서는 예수가 태어나기 이전을 '기원전'이라고 표현하는데, 이 방법을 한국이 따르게 되면서 그 유명한 "기원전 2333년에 단군이 고조선을 건국했다"는 시점이 확정되었다.

그런데 서기를 사용하기 전인 대한민국 정부 초기에는 단군이 나라를 세운 기원전 2333년을 기준으로 삼아 단기 1년이라고 하여 연도를 표기했다. 이러한 연도 표기 방법을 '단기'라고 한다. 문화권마다 연도를 표기하기 위한 방법은 다를 수 있는데, 단기 연호는 나름대로 우리 전통과 문화에 대한 이해와 자부심이 들어 있기도 하다. 지금은 더 이상 쓰진 않지만, 국경일인 개천절이 몇 주년인지를 헤아릴 때 공식적으로 사용되기도 한다.

여기까지라면 괜찮지만, 이것이 단순히 해를 세기 위한 것을 넘어, 고조선이 이때 세워졌다는 것을 확고한 역사적 사실로 여기는가 하면, 심지어는 고조선 이전에도 나라들이 있었다는 것을 거의 신념으로 삼는 경우도 있다. 그러다 보니 크고 작은 문제들이 발생하게 된다.

단군이 없었는지는 여전히 알 수 없다. 누군가 단군은 있었다, 혹은 없었다고 딱 잘라 말한다면, 그 사람이야말로 거짓말을 하고 있는 것이다. 그런데 단군이 기원진 2333년에 나라를 세웠다거나, 사실은 그보다도 훨씬 오래전에 나라를 세웠다고 확정한다면 그것 또한 거짓일 것이다.

서기 원년(1년)은 예수가 태어났다고 하는 연대이지만, 예수가 정확히 언제 태어났는지는 알 수 없다. 이 해는 예수가 출생한 연도라기보다는, 그가 태어났다고 추정되는 연도일 뿐이다. 그보다는 "이 해야말로 틀림없이 거룩한 해일 것이다"라는 견해가 담겨 있는 것이다.

기원전 2333년은 이보다도 훨씬 더 오래전인, 그 어느 직접적인 관련 유물이나 유적이 남아 있지 않은 신화적 시대에 관한 상상이었다. 우리 역사가 언제 시작했다고 하는 수많은 견해 중 하나였으며, 그것을 조선 시대 이래로 국가 권력이 공인하였던 것이다. 그런데 그 하나의 견해를 흔들림 없는 진실로 받아들여 버린다면 염려스러운 일이다.

역사에는 미지의 영역이 있기 마련이다. 우리는 단군이 언제 태어났는지 알 수 없다. 그리고 그가 언제 고조선을 세웠는지도 마찬가지로 알 수 없다. "단군이 기원전 2333년에 고조선을 세웠다고 하지만, 사실은 알 수 없다"라면 아이들의 역사적 상상력을 키워 주고, 역사에 관한 어른들의 경직된 태도를 조금은 풀어줄 수 있지 않을까?

18. 단군은 정말 1,500년 동안 나라를 다스렸을까

단군상, ©Wikipedia

단군은 1,500년 동안이나 다스렸다고 한다. 이것은 〈삼국유사〉의 기록으로, 〈제왕운기〉에서는 1,038년, 또는 1,028년으로 줄었지만 여전히 아득할 만큼의 시간이다. 그러나 그 기나긴 시간의 길이만 남을 뿐, 어떻게 다스렸다는 이야기는 안 나와 있다. 그나마 평양성에 도읍을 두었다가 아사달로 옮겨갔다는 걸 통해, 고조선 사회가 한번 크게 변했다고 짐작만 할 수 있을 뿐이다.

단군은 왜 그리 오래 살았을까

단군은 1,908세까지 살았다고도 한다. 역시 〈삼국유사〉의 기록이다. 옛날 사람들은 오늘날보다도 수명이 더 짧았다. 고구려의 장수왕은 이름 때문이기도 하지만 97세 정도까지 살았다고 해서 강렬한 인상을 남기고 있다. 그런데 단군의 이야기는 이것을 훌쩍 뛰어넘는 수준이다.

물론 한 사람이 천 년 넘게 나라를 다스리며 살아갈 수는 없을 것이다. 그래서 이런 기록을 조선 초기의 사람들은 믿지 않았다. 그들은 그 기나긴 시간은 단군 혼자가 아니라, 그 후손들이 단군이라 불리며 나라를 다스리고, 또 살아간 시간이었다고도 생각했다.

단군은 이토록 오래 살았고 나중에는 산신령이 되었다고 한다. 사람들은 신선이 되면 늙지도 않고 오래 살 수 있다고 믿었다. 그래서 자신도 신선이 되고 싶다는 자들과, 스스로를 신선이라 하는 자들이 어디에나 있었다. 그러나 진시황(기원전 259~기원전 210)의 권력을 가지고도 신선이 될 수 없었다. 오히려 권력을 누릴수록 신선에서 점점 더 멀어지는 듯했다. 신선은 그래서 더더욱 신비로웠다.

그런데 단군 이야기에서는 임금이 천 년 넘게 자기 자리를 지키면서도 동시에 산신령이나 누릴 만한 불로장생을 누렸다고 한다. 여기에 관해서 본격적으로 의문을 품은 사람들은 조선 초기의 성리학자들이었다. 이들은 임금이 아무리 어질다곤 해도 50~60년을 넘어가기 어려운데, 단군만이 지나치게 오래 다스린다고 하였다. 그래서 권근(1352~1409)은 단군이 한 사람이 아니라 여러 세대를 거쳤고, 그 햇수를 합하면 천 년은 넘는다고 생각했다.

"요 임금과 순 임금, 하나라와 상나라에 이르자 세상의 인정이 점점 야박해져서 임금이 나라를 오래 다스린다고 해도 50~60년을 넘기지 못했습니다. 그런데 어찌 단군만이 홀로 1,048세 동안 수명을 누리며 한 나라를 거느릴 수 있겠습니까? 앞사람들은 "1,048년이라는 것은 단檀 씨가 대대로 임금 자리를 이어서 경과한 햇수이지, 단군의 수명을 가리키는 것이 아니"라고 했는데, 이 말에 이치가 있습니다. 근세에 권근이 명나라 조정에 갔을 때, 태조 고황제(홍무제)가 권근에게 단군을 주제로 시한 편을 지어 보라 했습니다. 그러자 권근은 시에서 "몇 세대에 걸쳤는지는 알 수 없으나, 햇수를 헤아리니 이미 천 년이 지났다"라고 했고, 명나라 황제도 옳게 여겼습니다."

― <동국통감> 단군조선

흥미로운 점은 중국에서도 단군에 관해 관심을 가졌다는 점이다. 명나라 태조 홍무제(재위 1368~1398)도 단군의 존재를 알고 있었으며, 단군과 그의 후예들이 천 년 넘게 나라를 다스렸다는 말에 수긍했다고 한다. 홍무제는 어떻게 단군을 알고 있었을까?

아마도 권근이 명나라에 사신으로 갔을 때 조선이라는 나라의 유래와 단군에 관해 홍무제에게 이야기하자, 홍무제는 고대에 오랫동안 나라를 다스렸다는 인물에 관심이 생겼던 것 같다. 아마도 그전까지는 단군이라는 인물에 관해서는 별로 들어 본 적이 없었을 것이므로 더욱 호기심이 동했고, 그래서 권근에게 즉석에서 시를 한 편 지어보라 한 것으로 보인다. 설령 홍무제가 단군의 이름을 들어본 적이 있었더라도 당시 조선 사람들보다 더 자세히 알지는 못했을 것이다.

다만 그 자리는 외교 사절이 외국 군주의 요청으로 시詩를 짓는 것이었는지, 단군이 실제로 있었는지 없었는지 논하는 자리가 아니었다. 조선과 명나라가 가진 역사 기록을 서로 교차 검증하거나 한 것은 아니므로, 이들의 대화만으로는 단군의 실재라든지, 오랜 재위 기간을 증명하기 어려울 것이다.

이전 시대인 고려 후기부터 단군 이야기가 정리되기 시작했지만, 여기서는 단군의 재위 기간이나 수명이 천 년을 넘었다고 보았다. 그런데 권근이 홍무제와 대화했을 때나, 〈동국통감〉이 편찬될 무렵엔 단군은 한 명이 아니라 여러 명이었고, 그들이 나라를 다스린 기간을 모두 합쳐서 천 년이었다고 좀 더 그럴듯하게 이해하려 했다.

가장 이른 시기에 생겨난 단군 이야기는, 단군이 꽤 오랫동안 나라를 다스렸다는 내용이었을 것이다. 그러던 것이 몇 번에 걸쳐 전해지면서 단군이 나라를 다스렸다는 기간도 점점 늘어난 것으로 보인다. 거기에 단군이 아사달 산으로 옮겼다든지 하는 내용도 있어, 사람들은 수천 년을 살며 산속에서 지낸다는 신선의 이야기를 떠올렸을 것이다. 이렇게 단군의 이야기가 신선의 이야기와 결합하면서, 단군의 재위 기간이나 수명도 나중에는 천 년을 가볍게 넘겨 버린 이야기가 되었을지 모른다.

불로장생에 관하여 나름의 답을 정리하고 종교로 성립한 것이 도교였다. 도교가 단군 이야기에 영향을 미쳤다면, 이 이야기는 도교가 우리나라에 들어오고 난 뒤에서야 정리되었을 수 있다.

그렇지만 단군 이야기가 도교 이전의 것이든, 아니면 도교 이후의 것이든, 당시 사람들은 저마다 수명을 중요하게 여겼고, 좀 더 오래 살고 싶다는 생각을 가졌다. 그리고 그 바람을 단군에게 담아, 지금도 어딘가에 신선이 살고 있으며, 자신도 신선이 될 수 있다고 믿고 싶었을 것이다.

단군은 나라를 잘 다스렸을까

그런데 단군이 나라를 다스렸다는 긴 시간에 비해 그 내용은 아주 짧다. 그것만 가지고는 단군이 어떻게 다스렸는지는 자세히 알기 어렵다. 그렇지만 그 기간 때문인지 단군은 나라를 잘 다스린 것처럼 생각되기도 한다. 그 이유는 여러 가지로 볼 수 있다.

환인이 아들 환웅을 위해 널리 인간을 이롭게 할 만한 땅을 골라주었고, 환웅은 여기에 내려와서 인간들을 다스렸다고 한다. 그리고 곰이 금기를 잘 지킨 덕분에 인간이 되었다는 것이 단군 이야기의 핵심이다. 환인, 환웅, 곰 모두 인격을 갖춘 존재로 그려졌으니, 이들의 후손인 단군 역시 어느 정도는 인격자였으리라고 생각해 볼 수 있다.

나라가 세워지고 멸망하는 이야기를 살펴보면, 맨 처음에는 훌륭한 사람이 왕이 되어 나라를 세우는 이야기가 나온다. 그리고 뒤를 이어 훌륭한 임금들이 나라를 잘 다스렸다. 그러다 마지막에 가서는 이상한 왕늘이 나타나 나라를 망하게 한다.

그러면 훌륭한 사람이 나타나 나라를 멸망시킨 뒤 다시 새로운 나라를 세우곤 한다.

사람들은 이런 식으로 역사가 반복된다고 생각했다. 그래서 나라를 세운 왕들은, 나라를 가장 훌륭하게 다스린 왕들과 어깨를 나란히 할 수 있다. 나라를 세웠다는 것만으로도 위대한 사람으로 여겨지곤 한다.

오랫동안 나라를 다스린 것은 그 자체로 중요한 능력이었다. 왕들은 나라를 잘못 다스렸다고 하여 종종 권력에서 쫓겨나곤 했다. 또는 무신정권 시기처럼 권신들이 왕을 멋대로 끌어내리거나 앉히려 하기도 했다.

단군이 천 년 넘게 다스렸다는 말은, 그만큼 백성들의 지지를 받았고, 위대한 임금이었다는 이야기였다고 생각된다. 그런 단군은 요 임금과 같은 시대를 살았다. 단군 이야기를 정리한 사람들은 단군이 요 임금 때 나라를 세웠고 오랫동안 다스렸으니, 요 임금처럼 존경받는 인물이었다고 이야기하고 싶었던 것 같다.

〈삼국유사〉선 단군의 통치가 끝날 즈음에는 상나라가 망하고 주나라가 세워졌으며, 기자箕子가 조선에 왔다고 한다. 기자가 조선에 오자 단군은 장당경이라고 하는 곳으로 물러났다. 단군이 즉위한 데 관하여 거의 모든 기록은 요 임금 때라고 기록하고 있는 한편, 그 끝은 일연이 〈삼국유사〉 주나라 무왕 때 기자가 고조선에 올 때까지라고 본 것 외에는 모두 그 이전인 상나라 무정 8년이라고 보고 있다. 그 사이의 통치 기록들은 자세하지도 않은데 시간은 지나치게 길게 이어진다.

단군은 왜 1,500년씩이나 다스렸을까

그런데 천 년이 훨씬 넘게 세상을 다스렸다는 단군은, 때마침 기자가 오니 물러나 버린다. 한편으로는 단군은 다스릴 만큼 다스렸다고 생각했으니 물러났을 수도 있지만, 그 기나긴 통치 기간을 생각하면 마치 기자가 오기만을 기다리다 물러나는 듯한 기록이다. 기자가 물러난 뒤 기록은 더더욱 부실해지는데, 산신이 되었다고만 하여 더 이상 자세히 알 수 없게 되었다.

〈삼국유사〉에서는 단군이 물러난 뒤, 이번에는 아사달로 들어가 산신령이 되어 1,908세까지 살았다고 한다. 수백 년을 더 산 것인데, 다른 기록은 없이 한 곳에 머물지 않고 거듭 옮겼다는 기록만 나와, 미심쩍은 기분을 남긴다.

이에 반하여, 〈삼국유사〉를 제외한 이후 나머지 기록들은 하나같이 상나라 무정 임금 8년에 단군이 물러났다고 한다. 공교롭게도 이들 모두는 유학자, 또는 성리학자라고 할 수 있는 이들이었다. 심지어 〈제왕운기〉에 따르면, 단군이 물러난 뒤 중국에서 기자가 오기 전까지는 임금도 신하도 없었다고 한다. 이 또한 단군이 기자를 기다리는 듯 오래 다스렸다는 것처럼 어색하게 느껴진다. 단군에 이어 바로 기자가 다스리든, 단군과 기자 사이에 다시 오랜 시간이 있든, 어떻게든 끝을 기자와 연관지려 하거나 의도적으로 기자를 피하고 있어, 단군 이야기가 기자를 의식하며 쓰였다고 생각해볼 수 있다.

기자는 후대 사람들에게 어질고 밝은 교화를 펼친 군주로 기억되고 있다. 기자가 온 것은 마치 자랑처럼 여겨지기도 했다. 고조선을 세운 단군이 오랫동안 다스렸는데도, 교화되지 않았다면, 앞뒤가 맞지 않았을까? 기자의 활동상을 드러내기 위해서라도, 단군을 역사의 무대에서 좀 더 일찍 퇴장시켜 버린 것은 아니었을까?

기자가 고조선에 왔다는 이야기는 한(漢, 기원전 206~서기 220) 때부터 나오고 있었다. 이는 물론 당시 중국인들이, 자신들이 알고 있었던 세계의 거의 모든 지역에 자기 임금 또는 그 후예나 신하가 다녀갔다는 믿음을 고조선에까지 적용한 것으로 보인다. 이는 주로 중국 측 인물들의 일방적인 주장으로도 볼 수 있다. 다만, 〈구당서舊唐書〉에서는 고구려가 여러 신들과 함께 기자를 제사지냈다는 기록이 있다. 그리고 신라의 삼국 통일 무렵 이후에는 점차 한반도인들 스스로도 기자가 고조선에 왔다고 여기게 되어, 중국으로 건너간 인물들의 묘지명이라든지, 일부 외교 문서에 기자와 한반도 국가와의 관련성을 밝히기도 했다. 고려가 건국되고 나서는 조정 내에서도 기자가 고조선을 다스리며 가르침을 펼쳤다는 생각이 점차 확산되었다.

〈삼국사기〉를 정리한 김부식(1075~1151)은 단군을 이야기하지 않았지만 "기자가 백성들을 가르치고 8조의 법을 만들어, 어질고 착한 길로 인도했다"고 이야기했다. 당대 사람들은 기자를 좀 더 실감나는 인물로 보았음을 알 수 있다.

물론, 기자는 중국 왕조와의 외교, 또는 백성들의 교화라는 의례적 차원에서만 주로 언급되고 있어, 이들이 기자의 존재를 빈틈없이 믿었다고만은 할 수 없다. 그럼에도 기자에 관한 한국과 중국의 여러 기록이 있으니, 기자는 피할 수 없는 역사적 사실로 여긴 것으로 보인다. 그 뒤 역사 기록을 쓰는 사람은 어떻게든 기자를 고려할 수밖에 없었을 것이다.

단군의 이야기가 먼저 정리되었는지, 기자의 이야기가 먼저 만들어졌는지는 모른다. 그러나 기자의 이야기는 오래도록 남았으므로, 기자의 이야기를 신경 쓰면서도, 어떻게든 그 앞 시기로 전해지는 단군 이야기를 정리해야 하는 사람은 당시의 일연과 이승휴였다. 기자에 대한 고민과 그에 대한 각각의 답이, 각자의 저서에 남아 있다.

19. 단군은 왜 물러났을까

순(舜) 임금의 초상, ⓒWikipedia

단군이 요 임금 때 왕위에 올랐다는 이야기 뒤에는 쉽게 이
해할 수 없는 이야기가 나온다.

중국의 주나라 무왕은 왕위에 오른 그 해, 기자에게 조선을 주고 다스리
게 했다. 그러자 단군은 곧 장당경으로 옮겨갔다. 나중에는 아사달로 돌
아가서 숨어 살면서 산신령이 되었다. 단군왕검은 1,908세까지 살았다.

— 〈삼국유사〉 고조선(왕검조선)

단군이 물러나는 이야기는 아무리 봐도 쉽게 이해할 수 없
다. 가장 먼저 일연이 〈삼국유사〉에서 기자가 오자마자 단군
이 물러났다고 정리했다. 그런데 그 뒤 유학자들은 모두 단군

이 그보다도 훨씬 이른 상나라 무정 임금 8년에 물러났다고 한다. 어떤 의심할 수 없는 근거를 가지고 있었기 때문일까, 아니면 일연의 주장이 그르고 허황하다고 여겼기 때문일까? 기자는 중국 상나라 왕실의 사람이었다. 상나라의 주왕紂王 은 주지육림과 같이 방탕한 짓과, 포락지형과 같이 잔혹한 짓 을 일삼아 크게 인심을 잃었다. 이때 기자는 왕에게 여러 차례 충고했지만 받아들여지지 않았고, 오히려 탄압을 받았다. 그 런데 그사이 왕은 신하들의 습격을 받아 죽고 말았다. 신하들 은 새 왕을 뽑았다. 그리고 새 왕은 나라 이름을 '주'라고 했 다. 이 사람이 주나라 무왕이다. 기자가 고조선에 가서 다스리 기 시작한 것은 이때쯤이라고 한다.

새로 왕이 된 주나라 무왕은 기자에게 조선 땅을 다스리도 록 하자, 단군은 물러나버렸다고 한다. 한 나라의 지배자였다 는 단군이 간단히 물러나버린다는 건 무엇 때문일까?

단군은 이미 천 년 넘게 나라를 다스렸다고 한다. 물론 1,908세까지 살았다고 하지만 이미 삶의 대부분이 지나버렸다. 그래서 좀 더 나라를 잘 다스릴 수 있는 사람에게 자리를 넘겨 주고 자기는 물러는 이야기라고도 생각된다. 기자는 중국 주 나라 사람이지만, 역시 덕이 높은 사람으로 이름이 널리 알려진 사람이라 단군도 안심하고 맡겨 버린 이야기가 될 수 있다.

사람들은 종종 이런 이야기를 믿곤 했다. 중국 신화의 요 임금이 자기 자리를 순 임금에게 물려주는 이야기도 전설처럼 내려오는 이야기이지만 사람들은 사실이라고 생각했다. 단군이 기자에게 왕 자리를 넘겨주었거나, 기자가 다스리도록 다른 곳으로 물러났다는 이야기도 마찬가지로 볼 수 있는 것이다.

기자는 고조선에 왔을까

기자가 조선에 왔다는 이야기는 결국 주나라 무왕이 기자에게 고조선 땅을 자기 신하에게 나눠주자, 단군이 그 길로 다른 곳으로 가버렸다가, 그 뒤로는 숨어 지냈다는 내용이다.

사람들은 기자가 고조선에 왔다고 생각했다. 김부식은 〈삼국사기〉의 연표에서 기자가 온 것은 너무 옛날 일이고, 기록도 적어서 자세히는 알 수 없지만, 우리 역사의 시작이라고 했다. 고구려에서는 기자의 제사를 지냈다고 하고, 일연이 〈삼국유사〉에서 단군 이야기를 쓸 때도 기자의 이야기를 빼지 않았다.

조선시대까지는 기자가 단순히 중국인이라기보단, 덕이 매우 크고 높은 성인이라고 보았다. 그래서 기자가 조선에 오자, 그 문화가 크게 발전하게 된 것이라고 여겼다.

그런데 나중에는 기자 이야기를 중국 사람이 와서 고조선을 다스렸다는 한국을 지배했다는, 과도한 식으로 역사를 이해하여 다소 자존심과 관련된 문제로 받아들인 사람들도 있었다. 그래서 여러 학자는 기자가 정말 조선에 왔는지를 진지하게 연구하기도 했다. 여러 연구를 바탕으로, 기자가 조선에 와서 다스렸다는 것은 증명할 수 없다고 했다.

여기서는 기자, 단군이 실제로 있었는지를 살펴보진 않으려고 한다. 아마도 아직은 알 수 없다. 그저 단군 이야기가 어떤 내용의 이야기인지를 살펴보는 것이다. 그리고 한편으로는 기자가 조선에 왔다고 한 이야기를 다른 쪽으로 해석해 볼 수도 있다.

단군, 요 임금, 기자箕子는 서로 어떤 관계였을까

단군은 천 년 넘게 나라를 다스렸다고 하는데, 이 정도라면 사람이 결코 다 느낄 수 없을 만큼 아득하게 긴 시간이다. 그런데 그것을 간단히 한 문장으로 끝내버린다니. 정말로 오래 다스렸다면 좀 더 풍부하게 쓸 수 있었을 텐데, 아무래도 서둘러 마무리 짓는 것처럼 느껴진다.

그런데 한편으로는 요 임금의 이야기에는 단군의 이야기가 당연히 나오지 않지만, 단군 이야기는 요 임금 이야기와 관련된다. 단군 이야기는 즉위 시점은 요 임금을 의식하고, 물러나는 시점은 기자냐 아니냐로 나뉘어 결국에는 단군의 마지막은 기자를 가리키고 있다. 그리고 이 사이에는 천 년이 넘는 시간이 있다고 한다. 그래서 단군 이야기는 결코 단독으로 정리된 이야기가 아니라, 어떻게든 요 임금과 기자의 이야기 모두로부터 큰 영향을 받았고, 그 결과 상당히 유사하고도 이리저리 얽혀 있는 이야기가 되어버렸다고도 생각된다. 단군의 행적은 요 임금의 행적과 비슷한 점이 많다.

  ― 요 임금과 단군은 모두 신화 같은 존재다.
  ― 요 임금과 단군은 유사한 시기 왕위에 올랐다.
  ― 요 임금과 단군은 현명한 자가 나타나자 스스로 왕위에서 물러났다.

  요 임금은 한편으로는 왕의 자리를 자기 자식한테 물려주지 않고, 남들 모두가 훌륭하다고 생각하는 순에 물려주었다는 것으로도 유명하다.
  요 임금의 이야기에서는 순이 나타났다는 것이, 그리고 단군 이야기에서는 기자가 왔다는 것이, 임금 자리에서 물러나는 중대한 계기가 되었다.

그런데 아무리 기자가 정치적 거물이나 성인이라고 해도, 천 년 넘게 다스리던 단군이 그렇게 간단히 물러나버린다니, 이를 보면 단군은 그전엔 마치 죽으려 해도 죽지 못하는 것처럼 느껴지기까지 하다가, 기자가 오고 나서야 비로소 안심하고 물러나는 것 같이 구성되어 있다. 아무리 생각해도 요 임금이 살았다는 때와 기자가 조선에 왔다는 때 사이에 놓인 천 년 이상의 아득함을 채우기 위해서만 사는 것 같다.

단군 이야기가 뒤늦게 만들어졌던 것처럼, 기자의 이야기 역시 비교적 늦게 만들어진 것이라고 한다. 그러나 단군이 처음에 나라를 세웠다는 시기와 기자가 최초로 등장하는 시기에는 천 년에 가까운 거리가 있으므로, 둘은 그다지 관련이 없다고 할 수 있다.

그만큼 사람들은 기자가 고조선에 왔다는 이야기를 당연한 것으로 받아들였던 것 같다. 그래서 일연이나 이승휴가 단군 이야기를 쓸 때는 단군에 이어 기자의 이야기를 썼다.

단군 이야기가 일찍이 정리되었다면, 이 이야기를 정리한 사람들은 굳이 후대의 기자 이야기와 엮을 필요는 없었을 것이다. 그런데 단군 이야기와 기자 이야기는 무리하게 결합되어 있다. 단군 이야기가 그만큼 기자 이야기를 신경 쓰며 만들어 졌다는 뜻이고, 기자 이야기가 어쩌면 단군 이야기보다 먼저 나왔으리라고도 생각해볼 수 있다.

그중에서도 가장 이야기의 원형에 가까운 것이 일연의 〈삼국유사〉에 나온 단군의 이야기로 여겨진다. 그 뒤의 이야기에서는 어떻게든 단군의 통치 기간을 기자와 겹치지 않도록 하려는 의도가 보이기 때문이다. 이승휴는 단군이 죽고 나서 164년 동안 임금도 신하도 없다가 마침내 기자가 왔다고 했는데, 이런 인식은 뒷날의 〈동국통감〉 등으로도 계승된다.

그런데 요 임금이나 단군과 관련하여 좀 더 어두운 이야기가 있었으리라고도 생각된다.

단군은 왜 숨어 버렸을까

주나라 무왕이 기자에게 고조선 땅을 주고 가서 다스리게 하자, 단군은 장당경藏唐京으로 옮겨갔다고 한다. 여기서 말하는 장당경은 어디일까?

그 이름을 해석해 보면, 장藏은 '숨다', '숨기다'를 뜻한다. 당唐은 지역 명칭인데 종종 요 임금을 가리키기도 한다. 경京은 나라의 도읍이다. 한문을 읽는 법에 따르면, 장당경이란 '당唐'

이 숨은 곳이라고 해석된다.

사실 '장藏'이란 글자에는 으스스한 뜻이 숨어 있었다고 한다. '장藏'이란 글자는 노예가 도망쳐서 풀숲[艹]에 숨어버린 것을 나타내는 글자라고 한다. 이 글자 안에는 노예[臣]의 모습이 들어 있는데, 이 노예는 포로로 잡힌 뒤 무기[戈]로 눈을 상하게 하여, 눈이 멀어버렸다고 한다. 물론, 그 뒤에는 그냥 숨기만 하는 것도 '장藏'이라고 한다.

그렇지만 '당'이라는 글자가 무엇을 뜻하는지는 명확하지 않다. 다만 '당'은 어쩌면 단군을 가리키는 것일지도 모른다. '당'이라는 소리, 또는 맥락을 고려한다면 그렇다.

먼저 '당'이라는 소리를 생각해보자. 고대의 기록을 볼 때는 글자가 원래 가진 뜻만 가지고는 그 내용을 알 수 없는 글자들이 있다. 이런 경우에는 글자의 뜻보다는 그 글자가 어떤 소리를 나타내려 한 것이라 보기도 한다. 그렇다면 '당'은 원래는 어떤 소리였을까?

어떤 사람들은 하늘이나 샤먼을 뜻하는 몽골어 '텡그리'에서 '단군壇君'이란 말이 나왔다고도 한다. '텡그리'가 어원이었다면 그 소리는 '단壇'으로든, 아니면 비슷한 소리가 나는 '당唐'으로든 쓸 수 있을 것이다. 물론 오늘날의 발음과 고대어의 발음에는 큰 차이가 있다. 그러나 '단군壇君'이나 '당군唐君'에는 그다지 큰 차이는 없었을 것이다. 그렇다면 장당경이라는 것도 '장단경藏壇京'이라고 볼 수 있다. 그밖에도 '당'이 단군을 가리킨다고 생각할만한 이유가 있다.

다음으로는 '당'의 맥락을 생각해보자. 장당경은 '당'이 숨은 곳이라는 뜻을 갖고 있다. 그런데 단군은 기자가 온 뒤 물러나 장당경에 머물렀다고 한다. 훗날 단군은 숨어 살면서 산신령이 되었다고 하는데, 장당경 또한 단군이 숨은 곳이었다고 볼 수 있다. 그렇다면 '당'이 단군을 가리킨다고 볼 수 있다.

'당'의 소리와 맥락을 고려했을 때, '당'은 '단'과 비슷한 소리를 내고, '단군'은 '당군'으로 표기할 수도 있을 것이며, '장당경'은 '장단경'일 수 있다. 더군다나 장당경이라는 이름은 '당'이 숨었다는 상황을 가리키는데, 이곳에 숨은 것은 다름 아닌 단군이었다. 그렇다면 장당경은 '장단경'이며, 단군이 숨은 곳일 수도 있겠단 생각이 든다. 그런데 단군은 왜 장단경에 숨어버렸을까?

한때는 오랫동안 나라를 다스렸던 단군이 불현듯 자리를 내놓고 숨어버렸다는 것은 쉽게 이해할 수 없는 일이다. 그런데 이와 비슷한 내용이 요 임금의 전설에도 있다.

요 임금은 순에게 임금 자리를 물려준 뒤 자신은 물러났다. 그러나 새로 임금이 된 순은 요 임금을 그대로 내버려두지 않았다. 가장 먼저 요 임금의 신하들이 숙청되었다. 그 뒤에는 그 화가 요 임금은 물론 그 아들에게도 미쳤던 것 같다.

당나라의 역사가 유지기(661~721)는 순 임금이 어질었다는 이야기를 의심했다. 그는 역사서 〈죽서기년〉에서 요 임금과 그 아들인 단주가 순 임금에게 갇혀버렸다고 한 기록을 보았다. 그리고 지리서 〈수경주〉에 수요성囚堯城이란 땅 이름이 나온 것에 주목했다. 수요성은 요 임금을 가둔 곳이란 뜻을 지니고 있다. 이를 종합하여 보면, 순은 요의 자리를 억지로 빼앗고는 이를 물려받은 것이라고 발뺌했거나, 적어도 물려받은 뒤엔 무섭게 돌변하여 요 임금을 해치려 한 것으로 본 것이다.

요 임금을 가둔 곳이라는 뜻을 지닌 수요성, 이는 단군이 숨은 곳이라는 장당경이란 말을 떠올리게 한다. 장당경의 '당' 이란 단군을 가리키는 것으로 보이지만, 요 임금을 가리키는 표현이기도 하다. 요 임금은 당唐 또는 당요唐堯라고 불렸다. 이 때문에 순 임금에게 임금 자리를 물려주고 갇힌 요 임금과 기자에게 임금 자리를 물려 주고 숨어버린 단군은 마치 같은 처지에 놓인 것으로 보인다.

단군이 있었다고 하지만 이미 너무도 오래전 사람이라, 이야기만으로 남아 있을 뿐 그 이상은 알 수 없다. 기자 또한 조선에 왔다고는 하지만 뒷받침할만한 건, 그로부터 수 백년이나 지난 뒤 기록뿐이다. 그래서 단군의 이야기도, 기자에 관한 기록도 곧이곧대로 믿을 수 없다.

그런데 단군 이야기와 기자에 관한 기록이 결합하였고, 단군이 오랫동안 나라를 다스리다가 기자에게 임금 자리를 물려 주었다는 이야기가 생겨났다. 그리고 이러한 단군 이야기를 〈삼국유사〉와 〈제왕운기〉가 계승하였다. 이것은 아직 역사로는 받아들일 수는 없고, 이야기 그 자체로 받아들여야 할 것이다.

단군 이야기에서 기자는 단군의 자리를 대신하러 왔다. 그리고 단군은 물러나 숨어버렸다. 이 이야기는 요 임금이 순에게 임금 자리를 물려준 이야기와 비슷한데, 요 임금은 결국 갇혀버렸다고 한다.

단군은 종종 요 임금과 관련 있는 인물로 여겨진다. 그리고 그가 임금 자리를 물려주었던 기자는 어쩌면 순 임금과 같은 인물이었을지도 모른다. 단군 이야기가 처음에 기자 이야기와 결합할 무렵에는, 반드시 오늘날과 같은 형태였다고는 할 수 없을 것이다. 기자가 고조선에 왔다는 것은 그 임금 자리를 빼앗으러 온 것이었으며, 단군도 스스로 물러난 것이 아니라, 기자에게 쫓겨났다는 이야기가 아니었을까?

단군 이야기는 어느 정도는 요 임금의 이야기에 영향을 받은 한편, 기자의 이야기에도 동시에 영향을 크게 받았다. 일찍이 순이 사실은 요 임금을 쫓아내고 임금 자리를 차지한 위선자였다는 이야기가 있었고, 이 이야기가 한반도로 수입되었다면, 기자 또한 단군을 쫓아낸 뒤 스스로 임금이 된 사람이었을지 모른다는 이야기가 의외로 널리 퍼져 있었을지도 모른다.

이승휴 이후로, 단군 이야기를 정리한 이들은 그 내용 중 기자의 관계를 더 이상 언급하지 않게 되었다. 단군은 성인으로 인식되는 만큼, 자기 자식이 아닌 다른 성인에게 임금 자리를 물려주겠다고 해도 이상할 것은 없다. 오히려 고려 후기 이후의 성리학자들은 이러한 이야기를 이상적으로 보고 더욱 아름답게 여겼다. 그럼에도 단군이 기자를 위해 임금 자리에서 물러났다는 내용은 〈삼국유사〉 이후 사라져버렸다. 이는 이야기가 정리되는 과정에서, 기자가 단군을 쫓아내고 스스로 임금이 되었다는 정도의 과격한 전승이 생겨났고, 성리학자들은 이 내용을 꺼린 것이 아닐까?

물러난 단군은 어떻게 되었을까

단군의 이야기는 여기서 끝났지만, 영원히 알 수 없을 것만 같은 것들이 아직도 잔뜩 남아 있다.

단군 이야기에서 단군이 물러난다는 것은 마치 주인공이 죽어버린 뒤의 이야기처럼 느껴진다. 단군이 쓸쓸히 퇴장한 뒤에는 분위기가 금세 어둡게 바뀌어버린 듯한 느낌이다.

신화나 전설에서는 싸움에 져서 죽은 영웅들이 사실은 죽지 않고 살아남았다는 이야기들이 곳곳에 전해지고 있다. 사람들은 영웅이 죽은 것을 아쉬워하며, 차마 죽었다고 믿고 싶지 않아 이런 이야기를 만들어내곤 한다.

〈삼국유사〉에서는 단군이 1,908세까지 살았다고 한다. 이는 믿을 수 없을 만큼 긴 시간이다. 그전까지는 주로 3천 명, 천오백 명처럼 분명하지 않은 숫자들만 나왔는데, 1,908세라고 분명하게 밝히고 있어 독특하다. 다만 단군이 물러난 뒤 수백 년 동안 어떻게 살았는지, 삶을 마칠 때 그 해는 몇 년이었는지는 안 나와 있다. 그저 오랫동안 날짜만 이어졌을 것이다. 아마도 꼭꼭 숨어버려서 그런 것일까?

단군은 물러난 뒤에도 꽤 오랫동안 살아있었다고 이야기한다. 그 이야기를 그대로 받아들일 수 있을까? 영웅이 정말로 살아남았다면 그 뒤에도 영웅의 이야기가 전해졌을 것이다. 그렇지만 대부분은 어딘가에 살고 있다는 것뿐, 더 자세한 이야기는 전해지지 않는다. 오히려 이런 이야기가 희미하게 남아 있다는 것이야말로 영웅이 죽었다는 이야기일지도 모르겠다.

한때의 지배자들이 어디로 갔는지 모른다고 하면, 그것을 가장 반가워할 만한 이들은 새로 지배자가 된 이들이다. 옛 임금의 존재는 권력을 유지하는 데 방해가 될 수 있으니 될 수 있으면 가두거나 죽이고 싶었겠지만, 그랬다가는 오명을 뒤집어쓰게 될 것이다. 그런데 옛 임금이 스스로 어디론가 숨어버린 뒤 나오지 않는다면 더 이상 걸리적거리지 않고, 무리하게 죽이지 않아도 되니 비난받을 일도 생겨나지 않는다. 만약 필요에 따라 옛 임금을 실제로 제거해버렸더라도, 대외적으로는 그가 어딘가에 숨어 있으며, 더 이상은 나오지 않을 것이라고 발표했을 것이다.

수천 년 전에 있었던 이야기, 그리고 천 년이 넘는 이 길고 긴 이야기는, 이렇게 서둘러 끝나고 만다.

20. 세상은 누가 만들었을까

반고(盤古)의 초상, ⓒWikipedia

단군 이야기를 읽을 때마다 이런 의문이 들곤 한다. "왜 이 이야기에는 세상이 어떻게 만들어졌다는 이야기가 없을까?", "왜 사람이 어떻게 생겨나고 하는 이야기가 없을까?" 같은 것들이다.

〈삼국유사〉, 〈제왕운기〉 등에 실린 단군 이야기는 고조선이라는 국가의 기원을 이야기한다. 그리고 이 고조선은 최초의 국가로 여겨진다. 최초의 국가 이야기는 창세 신화와 맞닿아 있는 경우가 많은데, 단군 이야기에서는 좀처럼 그런 것을 찾아볼 수 없다.

고려의 승려 일연은 〈삼국유사〉에서 국가 건설이나 흥망에 얽힌 기이한 이야기를 여럿 정리했지만, 단군 이야기는 곧장 환웅이 하늘에서 내려오는 이야기로부터 시작된다. 같은 시대를 산 이승휴가 서사시에 담아낸 단군 이야기에서도 세상에는 이미 사람들이 살고 있었다고 한다.

세상과 인간을 만드는 이야기야말로 가장 신화다운 이야기일 텐데, 단군 이야기에는 빠져 있는지 아쉽기만 하다. 그 이야기는 한반도의 몇몇 신화에 남아 전해지고 있다.

단군은 왜 세상을 만들지 않았을까

일연은 〈삼국유사〉의 머리말에서, "대체로 옛 성인은 예禮와 악樂으로 나라를 세우고, 인仁과 의義로 가르침을 베풀고, 불가사의한 일들은 말하지 않았다"라고 했다. 물론 일연 스스로는 나라를 세울 때는 흔히 신비로운 일이 일어났다고 하여, 중국 신화의 건국과 관련된 여러 고사를 인용하였다.

일연은 단군 이야기가 너무도 기이하여, 사람들이 믿지 않을 것을 걱정했던 것 같다. 그러므로 기존의 여러 고사를 인용하여, 그것을 통해 단군 이야기도 그다지 허무맹랑한 이야기가 아니며, 신화의 영역으로부터 좀 더 믿을만한 것으로 끌어올리려 했을 것이다. 그러나 한편으로는 일연도 단군 이야기의 내용이 너무도 기이하여, 이런 이야기를 한다는 것을 스스로도 다소 조심스럽게 생각한 것으로 보인다. 그에게는 국가의 기원조차도 충분히 기이한 것이었다. 그러므로 더욱더 먼 옛날에 세상이 생겨나고 인간이 만들어지는 일은 도저히 알 수 없다고 여겼을지도 모른다.

한편 이승휴는 서사시 〈제왕운기〉를 써서, 우리의 역사를 중국의 역사와 나란히 두려 했다고 한다. 이는 〈제왕운기〉 하권 첫 장에서 "요동에는 별다른 세계가 있으니"라고 하여, 우리 역사의 독자성을 강조한 것에서도 알 수 있다. 그리하여 〈제왕운기〉는 상·하 두 권으로 나뉘어, 각각 중국의 역사와 우리 역사를 다룬다.

상권은 중국 신화로부터 시작된다. 그 첫머리에는 세상이 만든 반고盤古의 이야기가 있다. 혼돈으로부터 거인 반고가 생겨나 세상을 만든 뒤 죽고, 그 뒤에는 첫 임금이라 할 수 있는 삼황三皇이 차례로 일어났다고 노래한다.

우리의 역사는 〈제왕운기〉 하권부터 시작된다. 단군 이야기는 그 첫 장에 있다. 여기서는 환웅이 환인의 후예로 하늘의 핏줄을 타고났음을 밝히지만, 누가 이 세상을 만들었는지는 밝히지 않았다.

이렇게 이승휴는 반고의 창세 신화만을 다루었을 뿐, 단군 이야기를 창세 신화로서는 쓰지 않았다. 우리 역사와 중국의 역사를 각기 서사시로 정리했지만, 왜 창세 신화는 중국의 역사에서만 노래했을까?

반고의 이야기가 다루는 범위는 광대하다. 알에서 태어난 반고는 하늘과 땅을 밀어내면서 1만8천 년 동안 매일 1장씩 자라나 거인이 되었고, 힘이 다하여 죽었다. 그러자 반고의 거대한 시체로부터 땅과 바다가 생겨났다고 한다. 세상의 크기를 모두 알 수 없었던 아득한 옛날에도, 이 세상은 이미 끝없이 넓은 것이었다.

아마도 이승휴는 반고가 이미 온 세상을 만들었다고 생각했던 것 같다. 온 세상이란 중원뿐만 아니라 당시 고려의 영토였던 한반도까지를 포함하였을 것이다. 반고 이야기는 중국 지역에서 전해지고 있었으므로, 중국의 역사를 노래한 〈제왕운기〉 상권에 수록한 것으로 보인다. 세상을 만든 이야기는 이미 반고의 이야기에 전해지므로, 이승휴는 굳이 단군 이야기에서 다시 세상의 기원을 이야기할 필요는 없었을 것이다.

두보는 안록산의 난이 일어나 당나라가 무너졌을 때 시 〈춘망〉을 썼는데, "나라는 무너져도 산하는 남았으니"라고 하여, 자연은 언제까지나 영원할 것이지만 국가는 그렇지 못함을 한탄

했다. 일연과 이승휴가 단군 이야기를 정리하던 시기는 30여 년에 걸친 몽골과의 전쟁이 끝난 뒤였다. 몽골군이라도 고려의 강산을 없애버리진 못했다. 불변하는 자연을 두고, 새삼스레 그 기원을 거슬러 가진 않았을 것이다.

그러나 나라는 무너지고 말았다. 조정은 강화도로 옮겨 전쟁을 피했으나 왕실의 종묘와 사직은 보전되었지만, 나머지 수많은 백성을 본토에 내버렸다. 버려진 백성들은 죽고 그들의 터전은 사라져버렸다. 전쟁 기간 지방에서 살던 일연과 이승휴는 나라가 무너진다는 것을 각자의 자리에서 직접 확인했을 것이다. 그러면서 이들의 생각은 무너진 나라를 어떻게 다시 세울 것인지에 미쳤던 것 같다.

당시에 많은 백성은 고려를 마음으로부터 버렸다. 아직 몽골과 전쟁 중이던 1237년, 전라도 담양에서 이연년(?~1237) 형제가 민란을 일으켰다. 그때 이들은 스스로를 '백제도원수'라 칭했는데, 이는 이미 망한 백제 왕조를 다시 세우겠다는 것이었다. 이미 망한 나라가 일어나, 망해가는 고려를 치고 있었다. 이연년의 난은 그 해 김경손(?~1251) 등에게 진압되었지만, 아직 반란을 일으키지 않았을 뿐, 그밖에도 수많은 이들이 고려 왕조에 환멸을 느끼고 있었을 것이다.

때문에 나라를 다시 세운다는 것은, 백성들로부터 외면받는 고려 왕조를 다시 세우는 것만으로는 충분하지 않았다. 저 먼 옛날에 첫 나라가 세워진 때로부터 시작하지 않으면 안 되었다. 이때 이승휴는 스스로 이렇게 물었다.

"처음에 누가 나라를 세우고 세상을 열었을까?"

— <제왕운기> 하권

그리고 첫 나라를 세운 사람은 바로 단군이라는 것을 인식하게 되었다. 단군이야말로 우리 역사의 기원으로 보고, 그것을 역사의 가장 앞자리에 놓을만하다고 보았다. 그러나 단군 이야기는 앞선 역사서에조차 거의 기록되지 않았을 만큼 그 흔적을 찾기 어려웠던 것 같다. 그리하여 일연과 이승휴는 비로소 단군의 이야기를 정리할 생각을 했을 것이다.

만약 이런 이야기였다면, 단군 이야기를 쓴 사람들이 세상이 만들어지는 이야기를 굳이 쓰지 않은 것을 이해할 수 있다. 동굴 이야기에 있으니 또 쓸 필요가 없을 것이다. 그렇지만 동굴 이야기가 세상이 만들어지는 이야기였는지는 모른다. 설마 그렇다고 하더라도 단군 이야기를 쓴 사람들이 동굴 이야기를 세상이 만들어지는 이야기인 걸 알고 썼는지는 더더욱 모르겠다.

세상은 어디로부터 생겨났을까

그렇다면, 기록되지 못한 세상의 기원은 어디에 있었을까?

세상이 실제로는 어떻게 생겨났는지 알 수 없다. 우리보다도 세상의 기원에 더 가까운 시대를 살았던, 먼 옛날의 사람이야말로 그 해답에 좀 더 가까웠으리라 생각된다. 그러나 그들은 신화를 남겼을 뿐이다. 여러 신화에서는 세상의 시작은 텅 비어 있고, 굉장히 어두운 것으로 묘사된다. 시공간의 생성과 인류의 탄생은 밝은 것이라기보다는 어둠에서 생겨난 것으로 본 것이다. 심지어는 신화를 믿지 않는 과학자들조차도 여전히 비슷하게, 큰 폭발이 일어나면서 지금의 우주가 생겨나기 전까지는 어두운 세상이었다고 생각한다. 신화와 과학을 막론하고, 사람들은 고대로부터 지금까지 하늘과 땅, 산과 바다가 생겨나기 전에는 세상은 어두컴컴한 곳이었다고 생각한 것이다.

인간은 어둠을 두려워했다. 어둠 속에 있는 것들을 볼 수 있는 능력이 크게 뒤떨어졌기 때문이다. 그래서 어둠은 두려운 것이면서 동시에 알 수 없는 것이기도 했다. 지금까지 알려진 생명체 중에서는 인간만이 유일하게 불을 다룰 수 있었다는 것은, 그만큼 어둠 앞에 인간이 나약했다는 것을 의미하기도 한다.

그런 어둠으로부터 빛이 어떻게 생겨났는지는 여러 이야기가 있으나, 빛이 어둠보다는 나중에서야 생겨난 것 같다. 신화에서는 빛이 생겨나고, 과학에서는 폭발이 일어나면서부터 비로소 세상이 시작되었다고 생각한다. 빛은 어두워서 두렵고 알 수 없는 곳을 분간하고 모험할 수 있도록 해 주었다. 세상이 밝아지고 난 뒤에서야 온 세상이 만들어진다는 이야기는, 밤이 끝나고 아침이 시작되어 세상을 누빌 수 있게 되고, 나중에는 불빛으로 밤을 밝힐 수 있게 된 기나긴 과정을 나타낸다고도 생각된다 옛 신화는 단군 이야기의 동굴을 떠올리게 한다.

동굴은 공간일 뿐만 아니라 시간을 의미하기도 한다. 시간은 언어로는 쉽게 가리킬 수도 설명할 수도 없다. 때문에 인간은 시간을 공간으로 대신 표현하고자 했다. 공간이 단지 공간을 의미하는 것을 넘어, 시간까지도 아우르는 이유이다.

신화에서 시공간의 시작은 어둡고 캄캄한 곳으로 표현되곤 하며, 그렇다면 동굴이야말로 세상의 시작을 가장 잘 드러낼 수 있는 곳이었다. 인간은 어두운 동굴로부터 비로소 밝은 세상으로 나오고, 여기서 인간의 모든 하루, 그리고 수백만 년에 걸친 장구한 역사가 시작된다. 시작이란 그 순간부터 끝을 향하는 것이며, 마침내 죽음에 이른다. 신화는 죽음 역시 어둠으로 묘사한다. 그리고 동굴이라는 공간에는 음산함이 있다. 햇빛조차 들지 않는 이곳은 땅속이자 죽음의 공간으로 여겨지기도 했다. 그 점에서 시작과 끝, 탄생과 죽음은 무척이나 닮았으며, 그 둘은 다른 것이지만 동시에 하나로 순환하는 것이기도 하다. 그리고 그 순환은 동굴에서 이뤄지며, 삶과 죽음은 모두 동굴에서 나와, 동굴로 들어간다.

동굴 속에 살고 있었던 호랑이와 곰은 무엇이었을까?

단군 이야기에서 곰과 호랑이는 한구석에 밀려나 있었다. 그러나 어쩌면 이 두 짐승만으로 이뤄진 신화가 있었을지도 모른다. 그렇다면 곰과 호랑이는 여느 짐승이 아닌, 세상이 시작되는 순간을 상징하는 특별한 짐승이자, 세상을 낳은 동물일 것이다. 그 신화는 이런 이야기였을지도 모른다.

세상은 아직 동굴 속과 같이 어두워 아무것도 없었다. 그런데 여기서 곰 한 마리와 호랑이 한 마리가 생겨났다. 두 짐승은 굴속에서 삼칠일만에 온 세상을 만들어냈지만, 호랑이는 힘이 다하여 죽고, 곰은 살아남아 모든 것들의 어머니가 되었다는 이야기가 있었을지 모른다.

신화는 어둠 속에서 시작되고, 짐승 두 마리만으로도 온 세상을 만들어 낼 수 있다. 곰과 호랑이가 아직 굴속에 있었을 때, 세상은 아직 어둠 속이었고, 그것들이 밖으로 나왔을 때는 세상은 비로소 시작되었다는 것이다.

어떤 부족들은 곰과 호랑이를 신으로 섬기곤 했다. 그리고 그들이 섬기는 신이란 단지 사나운 짐승이나 사람들로부터 지켜 주는 소박한 신에 그치지 않았을지도 모른다. 아마도 그들의 곰과 호랑이는 온 세상을 만들어 낸 위대한 존재였을 것이다.

그러나 오랜 시간이 지난 뒤에는 곰과 호랑이가 굴속에서 온 세상을 만들었다는 신화는 이미 잊혀버렸는지도 모른다. 인간들은 희미하게 곰과 호랑이를 섬기고는 있었으나, 그들 스스로도 왜 곰과 호랑이를 섬기는지는 알지 못했을 것이다.

그러다가 단군의 이야기가 생겨날 때가 되면, 두 짐승의 이야기는 위대한 임금이 탄생했다는 이야기에 섞여버렸던 것 같다. 그 임금은 스스로 하늘의 후손이라고 했을 것이다. 여기에

두 마리의 짐승은 필요 없었을 것이다. 그중에서 호랑이는 떨어져 나갔다. 단군 이야기에서는 호랑이는 사라지고, 곰이 여인이 되어 환웅과 맺어졌다. 하나가 사라지고, 다른 하나가 나타났다면, 둘은 아마도 비슷한 것이었으리라 생각된다. 호랑이는 위대한 아버지의 자리를 환웅에게 빼앗긴 것일까?

부록

참성단은 단군이 쌓았을까

일연, 이승휴 등은 여러 옛 기록을 끌어와서 단군이 평양성이나 아사달에서 활동했다고 썼다. 그 때문인지 이 일대에는 단군이 살았던 굴이나, 그의 무덤이라고 전해지는 곳들이 있다. 그런데 강화도에도 단군과 관련되었다고 전해지는 유적들이 남아 있다.

강화도 마니산에는 참성단塹星壇이라는 큰 제단이 있다. 참성단이란 별에 제사 지내는 제단이란 뜻인데, 고려시대를 다룬 역사 기록에 처음 나온다. 〈고려사〉에는 이렇게 기록되어 있다. "강화도 마리산(마니산) 남쪽에 참성단이 있다. 사람들은 단군이 하늘에 제사지냈던 제단이라고 한다." 그밖에 〈고려사절요〉에는 1264년 음력 5월, 무신정권의 집권자였던 김준

(?~1268)은 당시 임금인 원종에게 참성단에서 제사를 지내자고 건의했다는 기록이 있다.

설화집이라 할 수 있는 〈삼국유사〉, 서사시 〈제왕운기〉는 개인이 쓴 것이지만, 〈고려사〉, 〈고려사절요〉는 고려 조정의 공식 기록을 바탕으로 조선 시대 초기에 편찬된 역사서였다. 대체로 역사를 연구할 때는 개인의 기록보다는 공식 역사서가 좀 더 믿을만하다고 하여 우선시한다. 그런데 공식 역사서에서 단군은 참성단에서 제사를 지냈다는 기록이 있다. 그리고 오늘날 참성단이라 불리는 제단이 있다. 그렇다면 이것을 단군의 유적이라고 이대로 믿어도 좋을까?

먼저 〈고려사〉의 참성단 관련 기록은 단군이 참성단에서 제사 지냈다는 말이 아니다. 그저 사람들이 그렇게 이야기하고 있다고 기록했을 뿐이다. 〈고려사〉가 조선 시대 초기에 편찬된 기록인 것을 생각하면, 여기서 사람들의 이야기라는 것도 늦으면 조선 시대 초기를 가리키는 것일 수 있다. 이것만으로는 실제로 단군이 있었다든지, 단군이 참성단을 쌓았다고는 할 수 없다.

또한 참성단이 언제 지어졌는지는 언급이 없다. 그나마 〈고려사절요〉를 통해 1264년 음력 5월에는 이미 참성단이 있었다고 알 수 있다. 우리가 기록을 통해 알 수 있는 것은 여기까지일 것이다. 그보다 더 옛날에도 참성단이 있었는지는 알 수 없다. 참성단은 이미 많이 허물어져 이제까지 여러 번 고쳐 쌓았다. 그러면서 원래 모습은 많이 사라져 버렸을 것이다.

오늘날의 참성단만 가지고는 단군이 여기서 제사를 지냈는지는 알 수 없다. 그렇지만 당시 사람들은 적어도 단군 이야기와 참성단이 서로 관련이 있다고 생각했음을 알 수 있다.

이밖에도 강화도에는 삼랑성三郞城이라는 성이 있다. 〈고려사〉의 마니산 참성단에 관한 기록 다음에는 삼랑성에 관한 기록이 이어진다. "강화도의 전등산(정족산)은 삼랑성이라고도 한다. 사람들은 단군이 세 아들을 시켜 쌓은 성이라고 한다."

그렇지만 참성단과 마찬가지로, 삼랑성도 단군의 세 아들이 쌓았는지 알 수 없다. 〈고려사〉에서 기록된 사실이란 단군의 세 아들이 쌓았다는 것이 아니라, 이르면 삼랑성을 쌓던 시기, 늦어도 조선 시대 초기 사람들이 그렇게 믿고 있었다는 것이다.

〈고려사〉와 〈고려사절요〉에는 1259년 음력 4월, 삼랑성에 새 궁궐을 지었다고 나오는데, 이는 삼랑성에 관한 가장 오래된 기록이다. 삼랑성 유적을 보면 기록 이전부터 이미 존재했던 것 같으나, 삼국 시대 이상으로 거슬러 올라가진 않는다. 그런데 왜 강화도에는 단군과 관련된 이야기가 전해지고 있었을까?

1232년, 고려 조정은 몽골 제국의 침략을 피해 수도를 개경에서 강화도로 옮겼다. 이때부터 강화도는 전쟁을 지휘하는 최고 사령부가 되었다. 바다 건너에서는 몽골군에게 수많은 사람이 죽임을 당하고 있었다. 한편으로는 백성들이 세금과 저항을 강요하는 조정에 맞서기도 했고, 몽골에 항복하는 백성들도 적지 않았다.

이때 고려 조정은 부처나 신의 힘을 빌려 몽골군을 몰아내겠다며 여러 신화적이거나 종교적인 요소들을 끌어오게 된다. 강화도에는 대장도감을 설치하여 팔만대장경 제작 과정을 지도하기도 했고, 마니산, 정족산 등의 명소에서 제사를 지내기도 했다. 하늘뿐 아니라 산천의 여러 신에게도 제사를 지내 몽골군을 몰아내고자 했다. 이러한 국가사업은 몽골 제국에 대한 반감과 저항을 밖으로 표출하는 것이기도 했다.

고려는 스스로 삼한三韓, 그러니까 이전 왕조들인 고구려와 백제, 신라를 통일한 왕조로 인식했다. 고려의 반란군들이 종종 백제, 신라는 물론 고구려를 부흥시키겠다는 이유를 든 것도 이와 관련이 있다. 국가가 위기에 처했을 때, 그 절박함은 삼한의 시조까지 불러내는 것에까지 이르지 않았을까?

　고려 조정은 1259년 음력 8월, 몽골 제국과 강화를 맺었다. 그러나 김준, 임연(1215~1270) 등 무신 집권자들의 반대로 좀처럼 개경으로 돌아가지 못하다가 1270년, 마지막 무신 집권자인 임유무(1248~1270)를 죽이고 나서야 마침내 돌아갔다. 한동안 고려의 수도가 되었던 강화도는 중심지에서 벗어났지만, 오랫동안 강화도에 머물며 전쟁을 치른 경험은 여러 사람의 의식에 남았을 것이다.

　일연과 이승휴의 단군 이야기에 강화도는 등장하진 않는다. 그렇지만 단군 이야기가 정리될 즈음, 강화도에서도 마니산이나 정족산을 중심으로 옛 나라의 시조, 또는 산신령의 이야기가 전해지고 있었던 것 같다. 그리고 나중에는 단군과 그 자손들이 머물렀다는 이야기로 정착된 것 같다.

　고려 조정이 개경으로 돌아간 그해, 몽골 제국은 평양성에 동녕부를 설치하고 고려의 서북쪽 영토를 자기 땅으로 삼았다. 또 몽골군은 고려 영토에 주둔하며 사람과 물자를 수탈하고 일본 원정에 고려군을 동원하기도 했다. 강화 천도 이후에 본격적으로 생겨난 몽골에 대한 반감과 저항 의식은 1280년대 일연과 이승휴가 단군 이야기를 정리하는 데도 영향을 미친 것으로 보인다.

단군과 관련된 역사 기록이나 유적은 많지 않다. 그걸 생각해보면 강화도에는 단군 이야기가 지나치게 집중되어 있다. 역사·문화적으로 볼 때 어떤 전승이나 유적은 그 발상지나 중심지에 많이 남아 있곤 한 것을 생각하면, 단군을 나라의 시조로 인식한 것이나, 숭배의 대상으로 삼은 것은 어쩌면 고려 조정이 강화로 천도했던 시기부터 시작되었을지도 모른다.

단군을 중요하게 생각하는 이유들

단군의 이야기를 정리한 사람들은 단군이 고조선을 세웠다고 했다. 고조선은 우리나라의 첫 나라였으니, 단군은 우리 역사상 처음으로 나라를 세운 사람이 된다. 사람들은 1등이 되는 것을 중요하게 생각하는 것만큼이나, 최초를 중요하게 생각한다. 첫 국가 고조선, 첫 번째 고구려 왕 주몽, 처음으로 한반도를 통일한 문무왕 등…, 사람들이 반드시 기억해야 한다는 것 중에는 언제나 '최초'의 사람이 있었다.

여기에 세계 최초라고 하는 것은 더더욱 큰 자랑거리가 된다. 오늘날도 외국으로부터 인정받는 것을 매우 중요하게 생각하는데, '세계 최초의 천문대', '세계 최초의 금속 활자', '세계 최초의 철갑선' 같은 말들이 남아 있는 데서 그 흔적을 찾아 볼 수 있다. 이들 최초를 본받아 어떻게 오늘날과 연결시킬지 고민하기도 하는데, 그런 고민이 조금 어긋날 때는 종종 우리 민족이 세상에서 가장 뛰어나다는 생각으로 빠지기도 한다. 그러다 보면 단군이 세운 고조선이 세상에서 가장 오래된 나라라든지, 그 옛날에 환웅, 그보다 더 옛날에 환인이 세운 거대한 나라가 있었다는 생각으로까지 발전한다.

최초라는 말은 가장 빨리 했다는 것을 넘어서, 모든 것이 여기서 나왔다는 주장으로도 이어졌다. 가장 오래전에 단군의 이야기를 쓴 사람 중 한 명인 이승휴는 스스로 이렇게 물었다. "처음엔 누가 나라를 세우고 세상을 열었을까?" 그리고 그 사람은 단군이라고 했다. 이승휴는 이어서 이야기했다. "신라, 고구려, 옥저, 부여, 동예가 모두 단군의 후손이다." 그는 오히려 최초라는 말보다도 이렇게 모든 것의 시작, 기원이라는 것을 더 의미 있게 생각했을지도 모른다.

단군이 처음으로 나라를 세워서 신라, 고구려 등 여러 나라가 생겨났다는 것은, 고려 후기에 단군 이야기를 정리한 일연, 이승휴 등으로부터 본격화되었다. 그리고 이런 생각은 당시 사람들 사이에서도 점점 퍼져 나가서, 단군이 살았거나 다녀갔다는 전설이 곳곳에 생겨나기도 했다. 특히나 1392년, 새로운 왕이 된 이성계(1335~1408)가 나라 이름을 조선으로 삼은 이래로, 조선은 나라의 이름이자 점차 땅의 이름, 그리고 사람들의 이름이 되었다. 온 나라가 조선이라 불리게 된 것이다. 그러면서 고조선과 단군에 대한 관심도 점점 더 높아졌다. 조선 초기에 국가의 공식 역사서인 〈동국통감〉이 편찬되었는데, 그 첫머리에서 단군 이야기가 진지하게 다뤄졌다. 〈동국통감〉을 편찬한 서거정(1420~1488) 등은 단군의 지나치게 긴 수명을 미심쩍어하기도 했지만, 한편으로는 단군 이야기를 실었으므로 이때부터 단군 시대를 국가의 공식 역사로 인정하기 시작했다고 할 수 있다.

나중에 일제에 나라를 빼앗겼을 때는 잃어버린 나라가 더더욱 그리웠을 것이다. 많은 사람들이 단군을 신으로 섬기기도 했고, 대한민국 임시정부는 단군이 첫 나라를 세운 것을 기념하여 행사를 열기도 했다. 그것이 오늘날의 개천절이 되었다. 개천절은 우리나라에서 몇 안 되는 국경일 가운데 하나다. 나라에서 가장 경사스런 날들을 기념하기 위해, 돌아오는 해마다 한 번씩 기념한다. 이것을 '주년'이라고 하는데, 2020년을 기준으로 국경일들은 이렇게 부른다.

제헌절— 72주년

광복절— 75주년

3·1절— 101주년

한글날— 574주년

개천절— 4352주년

개천절은 4352주년이나 된다고 한다. 햇수를 중요하게 생각하는 사람들이 본다면 다른 국경일은 정말 아무것도 아니게 느껴질 만큼 아득한 옛날에서 유래되었던 것이다. 단군이 지금으로부터 4,352년 전인 기원전 2333년에 나라를 세웠다고 하여 이렇게 부른 것이다. 물론, 단군이 정확히 몇 년에 나라를 세웠는지는 알 수 없다. 그러나 사람들은 서로 일치하지 않는 몇몇 기록을 바탕으로 단군이 기원전 2333년에 나라를 세웠음을 확신했다. 이 연도는 정부에서도 공식으로 정하고 있을 만큼 중요하게 여기고 있으며, 오늘날 교과서에서도 똑같이 쓰고 있다.

이와 같이 대한민국에서도 단군이 고조선을 세운 때를 중시하며, 여기에는 단군이 고조선을 세워서 지금의 우리나라가 있다는 생각이 담겨 있다. 기원전 2333년이라는, 무척 정확해 보이는 계산도 이와 관련이 있을 것이다. 단군 이야기가 처음으로 정리된 고려 후기에도 그랬고, 조선 초기에도 그랬겠지만, 우리들이 살고 있는 이 시대에도 첫 나라가 언제 세워졌는지 모른다고 하면 아무래도 보기에 좋지 않았을 것이다. 때문에 굳이 그 시작점이 필요했을 것으로 보인다. 그 결과 4352주년이라는 엄청난 시간이 설정되었다. 이 시간의 길이는 우리가 왜 단군 이야기의 주인공을 단군이라고 부르는지 생각하게 해준다.

일연이 〈삼국유사〉에서 정리한 단군 이야기

〈위서〉라는 책에는 이렇게 나와 있다.

"지금으로부터 2천여 년 전에 단군왕검이 살았다. 단군왕검은 아사달에 도읍을 세워 나라를 열었다. 【일연의 주석: <경經>에는 아사달을 무엽산이일연또 백악이라고도 하는데 백주의 땅에 있었다. 또는 개성의 동쪽에 있었다고도 하는데, 지금 의 백악궁이 그것이라고 한다.】 나라 이름을 고조선이라고 했다. 중국의 요 임 금과 같은 시대에 있었던 일이다."

또, '고기古記'에는 이렇게 나와 있다.

"옛날에 환인【일연의 주석: 제석帝釋을 말한다】에게는 서자 환웅이 있었다. 환 웅은 자꾸 하늘 아래로 내려가서 인간 세상을 구하려고 했다. 아버지인 환인은 아들 환웅의 마음을 알아챘다. 그래서 환인은 삼위 태백을 내려다봤는데, 거기가 인간을 널리 이롭게 할만했다. 환인은 환웅에게 천부인(天符印) 3개를 주고, 삼위 태백에 가서 인간들을 다스리라고 했다.

환웅은 3천 명 무리를 이끌고 태백산 꼭대기【일연의 주석: 즉 태백은 지금의 묘향산이다】에 있는 신단수 나무 아래로 내려왔다. 그리고 환웅은 여기를 '신시'라고 불렀고, 자기가 환웅천왕이라고 했다. 환웅은 풍백, 우사, 운사라는 관리를 거느리고 곡식, 생명, 질병, 형벌, 선악 등 다해서 인간의 360여 가지 일을 맡아서 세상을 다스리고 있었다.

이때 곰 한 마리와 호랑이 한 마리가 같은 동굴에서 살고 있었다. 곰과 호랑이는 항상 환웅에게 빌면서 사람이 되고 싶다고 했다. 그러자 환웅은 신령스러운 쑥 한 타래, 마늘 스무 개를 주면서 말했다. "너희들이 이것만 먹으면서 백일 동안 햇빛을 보지 않으면 사람으로 만들어 주겠다."

곰과 호랑이는 이것을 받아먹으면서 환웅이 하지 말라고 한 것들을 지키고 있었다. 마침내 삼칠일 만에 곰은 여인의 몸이 되었다. 그러나 호랑이는 환웅이 하지 말라고 한 것을 지키지 않아 사람이 되지 못했다.

곰은 여인이 되었다. 그렇지만 여인과 혼인해주겠다는 사람이 없었다. 그래서 여인은 항상 신단수 나무 아래로 가서 아이를 갖게 해달라고 빌었다. 그러자 환웅은 잠시만 사람이 되어 여인과 혼인해주었다. 그렇게 해서 여인은 임신했고 아들을 낳았다. 아들 이름은 '단군왕검'이라고 했다.

단군왕검은 중국의 요 임금이 왕이 된 지 50년째 되는 해인 경인년【일연

의 주석: 요 임금은 무진년에 왕이 되었다. 그러면 왕이 된 지 50년째는 정사년이지 경인년이 아니다. 경인년이라고 써진 것은 아마도 사실이 아닌 것 같다】에 평양성에 도읍을 두고는 나라 이름을 '조선'이라고 부르기 시작했다. 그리고 나중에는 도읍을 백악산 아사달로 옮긴 다음 그 곳을 궁【일연의 주석: 또는 방方】홀산 또는 금미달이라고 불렀다. 단군왕검은 나라를 1,500년 동안 다스렸다. 중국의 주나라 무왕은 왕위에 오른 그 해, 기자에게 조선을 주고 다스리게 했다. 그러자 단군은 곧 장당경으로 옮겨갔다. 나중에는 아사달로 돌아가서 숨어 살면서 산신령이 되었다. 단군왕검은 1,908세까지 살았다."

그리고 당나라의 〈배구 열전〉에는 이렇게 나와 있다.

"고려는 원래 고죽국【일연의 주석: 지금의 해주이다】이었다. 중국의 주나라 왕이 기자에게 고죽국을 주어 다스리게 했는데, 나라 이름을 조선이라고 했다. 나중에 중국의 한나라는 조선을 셋으로 나누어 각각 군을 설치했다. 세 군은 현토군, 낙랑군, 대방군【일연의 주석: 북대방】이라고 했다."

〈통전〉에도 비슷한 이야기가 쓰여 있다.

【일연의 주석: <한서>에는 진번, 임둔, 낙랑, 현토의 4군인데, 지금은 3군이라 하고 이름도 같지 않으니 어찌 된 일인가?】

이승휴가 〈제왕운기〉에서 정리한 단군 이야기

처음엔 누가 나라를 세우고 세상을 열었을까?

석제(제석)의 자손으로 그 이름은 단군이다.

〈본기本紀〉라는 책에는 이렇게 나와 있다.

"하늘을 다스리는 환인에게는 서자가 있었다. 그 서자의 이름은 환웅이었다. 환인은 환웅에게 말했다. "아래로 내려가서 삼위태백(三危太白)으로 가서 널리 인간을 이롭게 하겠느냐?"

환웅은 천부인 3개를 받아서 귀신 3천을 거느리고 태백산 꼭대기 신단수 나무 아래로 내려왔다. 그래서 환웅을 단수 나무로 내려왔다고 해서 단웅천황이라고 했다. 단웅천왕은 자기 손녀에게 약을 먹고 사람이 되게 한 다음에 신단수 나무의 신과 혼인하게 했다. 그 뒤 남자아이가 태어났다. 아이의 이름을 단군이라고 지었다.

단군은 고조선 땅에 자리잡고 왕이 되었다. 신라, 고구려, 남옥저와 북옥저, 동부여와 북부여, 예와 맥이 모두 단군의 후손이다. 단군은 1038년 동안 나라를 다스렸다. 그 뒤 아사달 산에 들어가서 신이 되었다. 죽지 않는 몸이기 때문이다."

단군은 요 임금과 나란히 무진년에 나라를 일으켰고, 순 임금 때가 지나고 하나라 때를 거치도록 임금 자리에 있었으며, 은나라(상나라) 무정 임금 8년 을미년, 아사달 산에 들어가서 산신령이 되었다【이승휴의 주석: 이 산은 지금의 구월산이다. 궁홀, 또는 삼위라고도 부른다. 사당이 아직도 남아 있다】.

단군은 나라를 1,028년 동안 다스렸으니, 세상을 변화시켜 환인에게 알릴만한 것이 왜 없겠는가?

단군이 물러난 뒤에는 164년 만에 어진 사람이 나타나니 다시 임금과 신하의 사이가 열렸다【이승휴의 주석: 또는 이후 164년 동안 아버지와 자식의 사이는 있었으나, 임금과 신하의 사이는 없었다고도 한다】.

— <제왕운기> 하권